NÃO ACORDE OS MONSTROS

LUCA BRANDÃO

NÃO ACORDE OS MONSTROS

Rocco

Direitos desta edição reservados à
EDITORA ROCCO LTDA.
Rua Evaristo da Veiga, 65 – 11º andar
Passeio Corporate – Torre 1
20031-040 – Rio de Janeiro – RJ
Tel.: (21) 3525-2000 – Fax: (21) 3525-2001
rocco@rocco.com.br|www.rocco.com.br

Printed in Brazil/Impresso no Brasil

Preparação de originais
ROBERTO JANNARELLI

CIP-BRASIL. CATALOGAÇÃO NA PUBLICAÇÃO
SINDICATO NACIONAL DOS EDITORES DE LIVROS, RJ

B818n

Brandão, Luca
Não acorde os monstros / Luca Brandão. - 1. ed. - Rio de Janeiro : Rocco, 2025.

ISBN 978-65-5532-554-6
ISBN 978-65-5595-359-6 (recurso eletrônico)

1. Ficção brasileira. I. Título.

CDD: B869.3
25-97259.0 CDU: 82-3(81)

Meri Gleice Rodrigues de Souza - Bibliotecária - CRB-7/6439

Para Clariscinda do Amor Divino,
que, quando se foi,
deu início a esta história.

"Quem combate monstruosidades
deve cuidar para que não se torne um monstro.
E, se você olhar longamente para um abismo,
o abismo também olha para dentro de você."
Friedrich Nietzsche

1.

Liguei às oito da noite, Milena não atendeu.

Depois me retornou para dizer, em voz baixa, que ainda estava no trabalho. E que eu a sufocava.

Chegou ao meu apartamento às dez. Me viu beber uma taça de vinho, pediu outra para si, fomos para a varanda. Ficamos em silêncio por pouco tempo até começarmos a brigar. Milena gritava, repetia que eu a sufocava. Eu tentava me defender, dizia que ela estava exagerando, mas nada a fazia parar de gritar. Fez que ia embora como se não fosse mais voltar. Não deixei. Então Milena ficou. Colocou um pijama que deixava em minha casa, deitou-se na cama, virou para a parede e dormiu. Eu não dormi. Passei a noite ouvindo a voz dela dizendo que eu a sufocava.

Comecei a acreditar no que ela disse. Eu a sufocava. Ela ainda ficava o fim de semana comigo, pedíamos comida, bebíamos, assistíamos a filmes deitados no colchão improvisado na sala, dormíamos tarde. Mas o que eu sentia era mais angústia do que prazer. Passei a me achar um homem ruim. Pensava no que dizer até quando ela me perguntava como tinha sido o dia. Bom. E o seu? Corrido. E a conversa morria. Eu tinha medo de sufocá-la mais.

Uma pedra rolando morro abaixo destruindo tudo.

Ela ainda descansava a cabeça sobre o meu colo, eu ainda acariciava seus cabelos, nós ainda transávamos. Tudo em silêncio. Só meses depois, tive coragem de chamá-la para conversar. A cena, parecida. Sentados no sofá, rolei a pedra... Milena mal me deixou começar, falou coisas piores do que da outra vez ao telefone. Disse que esperava mais de mim, que eu fosse mais homem, mais seguro. Chegou a comentar que se achava meio machista, sim, como quem tece um elogio a si mesma. Depois pediu que eu fizesse mais por nós. Ou eu não era homem?, me provocou.

Passou a me tratar como tratava o pai, com ódio. Um homem que eu já conhecia e tinha visto gritar duas vezes com a esposa e a filha. Uma, num café da manhã de domingo. Estávamos conversando, como fazem as famílias aos domingos, quando o pai foi contrariado pela esposa. Você é idiota?, ele berrou. Depois saiu gritando que deveriam respeitá-lo, que ele sabia das coisas, que era o homem da casa. Na segunda vez, num almoço naquele mesmo lugar, quando se levantou gritando, eu também me levantei e fiquei à sua frente. Sua cabeça batia no meu queixo. Ele diminuiu o tom, falou mal da sua mulher para mim na esperança de que entrássemos em acordo, afinal, éramos homens. Fiquei em silêncio, enquanto ele saía irritado.

...

Um homem ruim. Não seja mais um homem ruim, minha mãe gritava enquanto buscava na memória os contornos de homens da vida dela. Falava do meu pai, do abandono, das noites sozinhas em casa enquanto ele bebia com os amigos num boteco ou num puteiro. E pulava para o meu vô, também o álcool, as violências, o soco na barriga da minha vó enquanto estava grávida dela. Você quer ser esses homens?, a mãe me perguntava, antes de me bater. Esse era o meu castigo por deixar as louças sujas na pia ou a toalha molhada na cama ou os calçados espalhados pela casa. Ela expurgava a raiva dela até eu gritar também.

...

Quando Milena disse que eu não era homem, aquele deveria ter sido o nosso último dia. Não tive coragem, não fui o homem que ela queria que eu fosse. Aquele foi só o começo da história em que, no fim, Milena mata minha mãe.

2.

Foi na festa da turma do trabalho do meu irmão que conheci Milena, na noite em que quase não saí de casa.

A festa era à fantasia, então fui de terno, pois não tinha mais nada diferente em casa para vestir. Uma roupa larga e desbotada, abandonada no armário, desde a minha formatura no ensino médio. Eu não conhecia ninguém além do Leo, meu irmão. Para quem me perguntava, eu estava fantasiado de pastor. Nos olhamos na pista de dança. Milena estava vestida com uma capa longa vermelha sobre uma blusa branca justa e uma saia xadrez curta. Também tinha uma marca de arranhão no rosto feita com maquiagens. Mais tarde me contou que era a chapeuzinho vermelho moderna, a que matava o lobo. Primeiro pastor que vejo dançar, comentou, depois que falei da minha fantasia. Sou irmão do Leo, e ela disse que já haviam trabalhado juntos. Daí em diante, falamos coisas que duas pessoas bêbadas falam antes de se beijar. Quando me aproximei, Milena me puxou para longe da pista, me levou para o estacionamento do prédio e nos beijamos lá fora. Tenho *flashes* daquele momento em diante. A cena que mais lembro é a do meu irmão no estacionamento, uma ou duas horas depois, me avisando que ia embora. Vou com você, eu disse. E antes de Milena voltar para a festa, pedi seu contato. Foi ela que pegou meu celular das minhas mãos e digitou a sequência na tela. Me devolveu, eu escrevi seu nome, salvei e fui embora.

No outro dia à noite, quando tentei mandar uma mensagem, o número não existia.

Muitas coisas não existiam entre nós.

...

Milena gostava de salpicar desconforto em mim, enquanto eu me convencia de que era só um jogo para me manter mais interessado.

Foi ela quem me contou, logo que começamos a namorar, que também não se lembrava de tudo da noite em que nos conhecemos, mas se recordava que havia se pegado com outro homem. Foi desse jeito que Milena me disse, se pegado. Um colega de trabalho, emendou, como se conversasse com uma amiga. Com medo de mostrar minha insegurança, não perguntei se eles tinham transado.

Passei a repetir para mim mesmo que eu precisava lidar melhor com o jeito de Milena. Ela era moderna, eu pensava. Com um pouco mais de tempo, a gente ia se entender.

Essa era a minha fantasia.

3.

Eu e seu pai vamos nos separar, a mãe dizia, deitada na cama, comigo e meu irmão sentados sobre a sua cintura. O pai, deitado ao lado, confirmava com um aceno, enquanto tentava esconder o choro. Eu vou ver vocês todos os dias, ele prometia, como quem tenta apagar com um sopro o incêndio que queimava a casa. Eu tinha sete anos e, naquela época, não entendia a separação dos dois. Só achava que aquelas chamas que derretiam a nossa família não eram justas comigo.

A mãe ficou com todo o peso. Principalmente o de explicar e repetir que a nossa família ficaria bem. Na primeira semana, o pai cumpriu a promessa de nos ver todos os dias. No dia seguinte à separação, passou a tarde com a gente na casa dos nossos avós, onde eu e meu irmão ficávamos enquanto eles trabalhavam. A mãe me disse que ele sentia medo de ser esquecido, por isso, no começo, ia nos ver todos os dias.

Quando comecei a me acostumar com a separação, o pai apareceu menos. Duas ou três vezes na semana, me buscava na escola e me deixava em casa. A casa que não era mais dele. Aos poucos, fui colecionando silêncios onde antes havia a presença do pai. No sopro de bafo sobre a xícara de café quente, no barulho da chave na porta, na cadeira de jantar que ele puxava antes de se sentar. Quando morreu, a mãe me contou outras histórias. Do mesmo pai, mas do outro homem, o que ela havia se casado. Foi pesado, filho, ela dizia. Tive que cuidar da casa sozinha, enquanto seu pai se embriagava no boteco com os amigos.

Eu não sabia dessas histórias. Achava que a separação tinha sido um pedido amigável dos dois. Me lembro que eles brigavam muito, gritavam, mas achava que era um hábito da nossa família, gritar. A mãe me disse que as brigas daquela época já eram porque o pai não queria se separar. Mas eu não sou mulher de viver atrás de bêbado, ela dizia, com os nervos na cara. Depois relaxava. Entre mim e os amigos, seu pai preferia os amigos, ela falava num tom de brincadeira, como se não pudesse entender como tinha se enfiado naquele buraco.

...

Tem uma história que você não sabe, filho. Nós já tínhamos nos separado quando seu pai apareceu em casa querendo conversar. Era quase meia-noite, e eu senti o cheiro do álcool antes de abrir a porta para ele entrar. Vocês acordaram quando ouviram a voz do pai e vieram para a sala. Deixei que ficassem um pouco com ele, depois foram para a cama e nós dois, para o quarto. Conversamos quase sussurrando para não acordar vocês. Mas seu pai estava bêbado, repetia que queria voltar comigo. Eu pedia para ele ir embora, mas seu pai não ia. Quando tentou me beijar, o afastei. Então ele me agarrou com força pelos braços e me levou até o pé da cama. Pedi que me soltasse, mas, mesmo bêbado, seu pai era mais forte do que eu. Quando tentou me empurrar mais, consegui me livrar dele com uma joelhada. Seu pai se desequilibrou e, antes de cair no chão, bateu com a cabeça na quina da cômoda. Foi quando vocês acordaram e viram o pai sangrando. Ele inventou aquela história de que havia tropeçado no quarto, lembra? Depois foi embora. Ainda tive que esconder por uma semana as marcas que ele me deixou nos braços.

...

Foi duro ouvir. Primeiro, senti raiva da mãe por não ter me contado antes aquela história. Eu achava injusto saber do episódio depois que o pai já havia morrido. Cheguei a duvidar. Mas, ainda na mesma conversa, passei a sentir raiva dele. Os nervos na minha cara, como acontecia com a minha mãe quando ficava nervosa. Comecei a querê-lo vivo de novo, para que soubesse que agora eu era testemunha da história.

Queria que ele soubesse que eu o amava, mas que o odiava também.

4.

Foi pelas redes sociais que nos falamos de novo depois da festa. Procurei pelo nome Milena entre os amigos do meu irmão até encontrá-la. Mandei uma mensagem com o número que ela tinha deixado no meu celular e perguntei se sabia de quem era. Achou engraçado e acrescentou na sequência o dígito que faltava. Mas a culpa era minha, ela disse.

Passamos a trocar mensagens e logo marcamos um encontro para o sábado. Ela disse que conhecia um bar perto de onde eu morava. Combinou de me pegar de carro às oito. No sábado, fui almoçar com meu irmão numa roda de samba em que nossos amigos tocavam. Voltamos para o apartamento dele no meio da tarde. O irmão entrou cansado para o quarto, enquanto eu apaguei no sofá da sala. Quando acordei, já estava escuro. Tomei um susto. Olhei no relógio, eram quase nove da noite. No telefone, mensagens e mensagens de Milena. A primeira, perguntando como eu estava. Depois, se o nosso encontro estava de pé. A última, mais perto das oito, uma mensagem fria, dizendo que precisava confirmar o encontro.

Peguei o telefone e liguei. O número chamou algumas vezes antes de Milena me atender com uma voz sem graça. Me desculpe, eu disse. E contei a história do meu apagão. Milena parecia duvidar de mim, murmurando como quem desconfiava, enquanto eu me desculpava de novo. Você pode vir agora?, perguntei. Eu me arrumo rápido. Então Milena topou, mas ainda repetindo o murmúrio.

No carro, ainda envergonhado, me tratou um pouco melhor. Sua cara está amassada, ela disse, como se acreditasse um pouco mais em mim. Enquanto eu me decidia se a abraçava ou a beijava, ela acelerou o carro e partiu, sem me dar tempo de fechar a porta. Me desculpei outra vez, ela disse que estava tudo bem. Mas acelerou mais.

E não parou de acelerar.

5.

Pare de gritar, filho. Ou você vai acordar os monstros.

Por muitos anos ouvi essa frase sair da boca da mãe. Era o jeito dela de me fazer ficar quieto, me passando medo. E como eu ainda acreditava nos monstros, funcionava.

A gente se desentendia bastante, ela disse em outra conversa. Você se irritava rápido, gritava tão alto que doía os ouvidos, dizia, enquanto apertava as mãos sobre as orelhas para mostrar como fazia. Disso eu me lembro um pouco, mãe.

Mas me lembro mais dos seus gritos pela casa.

...

No fim do dia, quando ela chegava, eu sabia que ia gritar. Se eu não tivesse estudado, se a cama estivesse desarrumada ou a pia da cozinha suja, ela gritava. Mas tinha dias em que não adiantava os estudos em dia, a cama organizada ou a pia limpa. Ela gritava com o mundo. Com o dinheiro que não dava, com a sobrecarga de trabalho, com a falta de tempo, com os homens da família.

Depois da separação, a mãe cuidava sozinha da gente. Eu não sei como você aguentava, eu dizia, enquanto ela continuava o desabafo. Muitas vezes nossas conversas serviam só para desabafar. Não me contava as lembranças para que eu as conhecesse, mas para se livrar delas.

Eu tinha aprendido a gritar em casa. Na casa dos avós, dos tios. Era aos gritos que os adultos conversavam. Aos domingos, quando a mãe se encontrava com os tios na cozinha da casa dos avós, ninguém se entendia. A tia mais nova gostava de provocar minha mãe. Ela acionava cada botão de raiva no meu corpo, a mãe contava, pressionando os dedos nas palmas das mãos. O mais velho era um sanguessuga, continuava, os olhos estufados. Só aparecia para pedir dinheiro para o seu avô. Quando terminava de contar, a mãe já estava com o rosto vermelho outra vez.

Lembranças que acordavam os monstros nela.

...

Eu me lembro daqueles domingos. Os almoços sempre acabavam em xingamentos na cozinha. Depois de gritar com o vô e os tios, a mãe ia até a sala, pegava a bolsa e juntava nossas coisas para irmos embora. O vô sempre tinha um presente guardado para as despedidas. Um saco de pipoca açucarada ou um chocolate. Uma tentativa de amenizar as brigas. Depois íamos embora. Eu, minha mãe, meu irmão e os monstros.

...

Você era estridente, filho, minha mãe me lembrava. Quando ela foi falar com o meu pai sobre meus nervos, ele teve a ideia de me colocar no caratê. Na verdade, ele te obrigou, filho. Para te ajudar a virar homem, ela dizia, engrossando a voz para imitar o pai.

Uma noite, no culto que fazíamos em casa, minha mãe leu uma passagem bíblica. Se alguém te ferir numa face, ofereça a outra. Eu nunca fui de brigar, mas, depois que comecei a treinar caratê, fiquei mais corajoso. Na rua, morava um vizinho que gostava de me provocar. Às vezes me batia. Um dia, quando cheguei do caratê ainda com o quimono no corpo, o vizinho me viu de longe e correu atrás de mim. Me protegi atrás de um carro. Ele corria de um lado, eu escapulia do outro. Até que me alcançou, me segurou pelo pescoço e me deu um tapa. Na hora, me lembrei do que aprendi no culto. Ofereci o outro lado do rosto para ele bater. Ele bateu. E bateu de novo. E mais uma vez. Até o meu irmão me tirar da rua. Em casa, Leo contou para os meus pais sobre os tapas. Eles riram. Virou piada.

Não éramos mesmo de briga. Mas meu corpo acumulava os gritos que ouvia na família. Eu andava com medo, odiava aquela tensão. Adorava a casa dos avós quando estávamos a sós com eles. Mas tinha crise de ansiedade quando os tios se encontravam.

Agora eu me lembro, mãe. Eu era estridente. Mas os monstros já estavam acordados quando eu comecei a gritar.

me contasse do carnê. Na verdade, ele se borrou, tadinho. Para se ajudar a virar homem, ela dizia, engrossando a voz para imitar o pai.

Uma noite, no [illegible] que [illegible] em casa, [illegible] mais [illegible] [illegible] tudo à beça, [illegible] outra. Eu nunca fui de briga, mas, depois que conheci a Carina, [illegible] que [illegible]. [illegible] em vez de que gostava de me provocar. Às vezes me [illegible], quando ela [illegible] com o [illegible] no corpo, e [illegible] me [illegible] [illegible]. [illegible] atrás de um [illegible]

[illegible] [illegible] [illegible] [illegible] [illegible] [illegible] [illegible] [illegible] [illegible]

6.

Comecei o mestrado logo após o fim da graduação. Passei a me dividir entre a pesquisa, as aulas de português que dava num cursinho e aulas particulares. Me desdobrava para conseguir ter algum dinheiro. No começo, Leo também me ajudava, cobrava pouco para morar com ele. Eu ficava com uma conta de luz e dividia outros custos pequenos. Vivia dizendo que seria por pouco tempo, mas acabei ficando quase dois anos no apartamento novo dele.

Eu e o Leo sempre moramos juntos. Mas ali era diferente. Agora era um apartamento só dele, comprado após anos dedicados a grandes empresas do agro. Ele odiava trabalhar no segmento, mas se curvava ao dinheiro que ganhava. Quando me avisou que iria se mudar, me convidou para morar com ele, até eu encontrar um lugar para mim. No convite, cheguei a sentir a vontade que ele tinha de morar sozinho. Mas acabei morando com Leo mais do que qualquer um de nós havia planejado.

Minha mãe torcia pela minha emancipação, não só de casa, mas de namoradas. É sozinho que a gente se entende, filho. Essa frase dela ecoava na minha cabeça sempre que eu começava a sair com alguém.

Depois de quase dois anos sozinho, conheci Milena.

...

Eu e Milena nos víamos pouco, culpa dos trabalhos. Principalmente do dela. Estava sempre no escritório, mesmo quando não estava. Amava e odiava o que fazia, quase como o meu irmão. Falávamos pouco do meu trabalho, apesar de dizer que adorava ouvir as histórias que eu contava dos alunos. Mas meus assuntos não duravam muito. Logo voltávamos ao escritório dela.

Ainda não havíamos conversado sobre sentimentos ou amores antigos. Eu queria falar mais, mas nossas conversas ficavam presas nas rotinas, no cansaço, nas tensões do trabalho, nos números que ela perseguia a cada fim de mês.

Numa quinta-feira, depois de uma sessão de cinema, contei a Milena que minha vó tinha uma casa no interior do estado, em Goiás Velho. Perguntei se gostaria de passar o fim de semana comigo por lá, para relaxar um pouco. Era um lugar agradável, reforcei, sem ter coragem de dizer

eu quero mais tempo com você, quero falar dos assuntos que a gente não fala, quero tomar banho junto num banheiro grande, quero transar e conversar na cama até tarde, sem a preocupação do trabalho no dia seguinte.

Tive que insistir mais vezes para que Milena aceitasse o convite.

Mandei mensagem para a minha vó para saber se a casa estava livre no fim de semana. Ela disse que sim e me perguntou quem iria comigo. Depois mandou no grupo da família o aviso de que a casa estava reservada para mim e uma amiga. Foi com aspas que escreveu amiga, e pediu para que ninguém fosse no mesmo fim de semana. Logo chegaram mensagens da mãe querendo saber detalhes que ainda não existiam, me fazendo perguntas que nem eu havia feito à Milena. De onde ela era? Quem eram os pais dela? Logo você vai conhecer, desconversei, para evitar os alertas de sempre. O risco da gravidez, das doenças, e outros perigos.

Para ela, as relações sempre tinham mais riscos do que prazeres.

...

A casa não era muito grande, mas cabia a família toda. Avós, filhos e netos. Tinha três quartos, sendo a suíte dos avós o principal. Nós, os netos, costumávamos dormir no quarto dos beliches. Me lembro da casa cheia de parentes, de gente que eu mal conhecia entrando e saindo nos fins de semana. Os aniversários dos avós quase sempre aconteciam ali.

Fique no meu quarto, a vó escreveu. Os lençóis já estavam limpos, a piscina, aspirada. Enquanto descrevia a casa que eu conhecia, ela fazia torcida para o meu fim de semana, como se eu ainda fosse um adolescente.

No sábado, eu e Milena saímos cedo de Goiânia. Depois de mais de três horas de estrada, chegamos, deixamos as malas na casa e fomos para uma cachoeira próxima à cidade. O dia estava quente, então tive essa ideia para quebrar o gelo que ainda existia entre nós.

Assim que chegamos à beira do lago, ela se despiu. Tirou o *short* e o colocou sobre a mochila. Depois, as sandálias e a regata branca. Dobrou devagar cada peça, caminhou até mim, me deu um beijo no rosto e continuou o trajeto até o lago. O sol aumentava o contraste entre sua pele e o laranja do biquíni. Você fica bonita de laranja, eu disse. Ela agradeceu e continuou caminhando. Você fica bonita de costas. Então Milena mudou o jeito de andar, rebolou mais, até entrar no lago. Era a primeira vez que eu a via com tão pouca roupa. Qualquer outro homem que a visse ali sentiria o mesmo desejo que eu.

Passamos a tarde na cachoeira, bebemos cervejas que levamos numa térmica e, quando voltamos a casa no fim do dia, fomos direto para o quarto. Ali ela repetiu a cena. Tirou peça por peça de roupa enquanto me olhava. Perguntou se podia tirar o biquíni. Eu pedi que esperasse. Começamos a nos beijar ao lado da cama. Depois, nos deitamos ainda molhados sobre o edredom. Provei com a boca o seu corpo, já vermelho do sol. Sem pressa, tiramos as roupas e penetramos a noite entre suores e gozos.

Naquele sábado não houve desconforto, estávamos nus. Passamos a madrugada como eu queria, conversando. Milena contou da juventude, do tempo que viveu com a família entre Portugal e Espanha, dos parentes italianos, de como falavam alto. Você vai conhecer, ela dizia, e eu me animava. Eu também queria falar sobre as minhas histórias, sobre os amores que já tive, para que ela se sentisse mais segura.

Eu queria, mas Milena dormiu antes.

...

No dia seguinte, enquanto nos arrumávamos para voltar a Goiânia, eu disse a ela que havia gostado da viagem. Eu também, respondeu. Depois mudou de assunto, falou que estava cansada, pediu que eu dirigisse na volta e dormiu durante todo o percurso. Quando chegamos em casa, me aproximei para um beijo, mas Milena não se virou. Beijei seu rosto. Fiquei constrangido, me despedi com um obrigado, tentando esconder a vergonha. Adorei o fim de semana, eu disse. Eu também, ela respondeu. Desci do carro, Milena passou ao volante e acelerou.

Mais tarde, mandei mensagem perguntando se havia chegado bem. A resposta veio só no dia seguinte.

Sim, havia chegado bem.

7.

Não aguentou a distância de nós, foi o que minha mãe me disse sobre a curta temporada que o pai viveu em outro estado. Voltou com uma namorada nova, que depois se tornaria sua esposa.

Era domingo de tarde, eu tinha quinze anos, estávamos na sala da nova casa do pai. Eu, o Leo, o pai e a namorada nova. Mesmo na sombra da casa arejada, a pele suava. Assistíamos a um jogo de futebol, coisa que meu pai fazia frequentemente aos domingos. Todos estavam no sofá, menos eu, espreguiçado em uma cadeira de fios de plástico que o velho havia herdado da vó. Foi quando comecei a tossir. Tive crises de tosse na infância, ou talvez a infância toda, e ninguém se preocupou em me levar ao médico. Nunca soube o que era. As crises vinham de repente, e, em vez de me ajudar, o pai me pedia para não tossir, como se eu fizesse de propósito. Naquela tarde, foram duas crises seguidas. Até que, na terceira, o pai pediu que eu parasse de tossir. Falou, como se fosse uma brincadeira minha. Eu me senti culpado.

Preciso parar de tossir, pensava, sem saber qual botão apertar. Então a tosse voltou mais forte, talvez pela ansiedade de cumprir a ordem do pai. Até que ele gritou comigo e me mandou ir fazer barulho lá fora. Meu irmão olhou assustado, mas não se mexeu do sofá. Eu fui sozinho. Minutos depois, a namorada do pai me trouxe um copo com água, mas não disse nada. Voltou para a sala e me deixou na varanda, respirando fundo, tentando controlar a tosse.

Passei da vergonha ao medo de tossir. Na presença do pai, quando a crise começava, eu ia para fora, ia para dentro, ia para onde ele não estivesse. Eu bebia mais água, numa tentativa de hidratar a garganta e diminuir as crises. Às vezes eu tossia com a água ainda na boca e molhava o chão.

Eu precisava parar de tossir. Ou melhor, eu precisava parar de irritar o pai.

...

Esse não foi o único momento em que o pai gritou comigo. Quando ele queria estar certo, ainda que estivesse errado, gritava. E a conversa encerrava com os berros dele.

Eu já era quase um adulto quando ele gritou por eu não rir mais das suas piadas ruins. Eu dizia que as piadas não tinham graça, mas ele respondia que era meu pai, que sabia mais do que eu, e tentava me calar gritando. Qualquer coisa que ameaçasse o seu lugar de autoridade era motivo de grito.

Antes dele morrer, eu tive a chance de gritar de volta. Está vendo como também aprendi a gritar, pai?, era o que eu queria dizer com os meus berros.

Estávamos no quintal da sua última casa, a que ele tinha comprado para viver com a nova esposa, e o pai contava histórias.

Ele era bom de causos, apaixonado pelas próprias memórias. Estávamos naquele momento, o dos causos, quando começou a fazer piadas racistas. Isso que você está falando não tem graça, eu disse. O pai respondeu que era só uma piada, e eu discordei. Depois disse que eu estava ficando chato, e foi aumentando o tom de voz. Eu queria ter explicado amorosamente o meu ponto, queria ter mostrado a não-graça que ele insistia em fazer, mas o pai era inquestionável. Então eu disse que ele estava virando um velho burro. Como numa crise de tosses, eu não conseguia frear o que dizia, enquanto ele levantava mais a voz e batia a mão na mesa. Naquele dia, competimos no grito. Ele gritou me respeite! Eu sou o seu pai. Você quer saber mais que o seu pai? Eu quis responder que não,

que ele só fosse mais gentil e não bebesse tanto e pedisse desculpas por abandonar minha mãe em casa enquanto ia para o puteiro, e que não tentasse estuprá-la naquela noite. Coisas que eu ainda não sabia dele.

Mas eu disse que ele estava virando um velho burro. Então o pai gritou cala a sua boca! E saiu bufando para dentro da casa. O silêncio na mesa durou uma eternidade. Depois, sua esposa foi atrás dele e voltou para contar que o pai já estava apagado na cama. Eu e meu irmão recolhemos celulares e carteiras da mesa, e fomos embora. No meio da semana, como se nada tivesse acontecido, me ligou para saber do almoço do próximo sábado. Me disse que ia fazer o frango que a gente gostava, pediu para eu não atrasar, pois queria começar a beber cedo.

No sábado seguinte, eu estava lá de novo.

8.

Nosso novo encontro aconteceu uma semana depois da viagem a Goiás Velho.

Na quinta-feira à tarde, enviei mensagem perguntando se queria fazer algo à noite. Na sexta, Milena pediu desculpas pela demora, estava trabalhando. E sugeriu que nos encontrássemos mais tarde. Eu aceitei. Escolhi um bar que eu conhecia, pois queria conversar mais à vontade.

Cheguei cedo, pedi um drinque, aguardei. A bebida chegou, tomei o primeiro copo enquanto esperava por Milena. Pedi outro drinque e decidi ir mais devagar. Só precisava de um pouco de bebida para aliviar a ansiedade. Enquanto terminava o segundo copo, Milena entrou pela porta, se virou para a direita e me viu na bancada.

Que semana puxada!, ela disse, enquanto se desculpava pelo atraso. Depois pediu um drinque igual ao meu. Passamos a maior parte da noite falando sobre trabalho, principalmente o dela.

Era fechamento de bimestre e ainda estava longe de alcançar os números, ela contava. Eu percebia o cansaço na sua voz.

Algo que eu notava nos nossos encontros era que Milena se soltava mais conforme bebia. Começava pelo meu ombro, depois deslizava a mão pelas minhas costas, minhas pernas, minha virilha. Nessas horas, minhas dúvidas diminuíam. Estávamos bem.

Foi mais perto do fim da noite, quando ela começou a bocejar, que decidi falar. Acho que estou gostando de você, eu disse. Ela me olhou sem mudar o semblante, achei que fosse dormir. Eu também, respondeu, e me deu um beijo. Eu tinha me prometido não tentar beijá-la de novo, para evitar constrangimentos. Depois pagamos a conta e saímos. Eu queria dormir com você, mas amanhã trabalho cedo, ela se antecipou. E chamou um carro pelo aplicativo antes que eu tivesse tempo de convencê-la a ir comigo. Quando o veículo chegou, me deu outro beijo e foi embora.

A mensagem de Milena me avisando que já estava em casa chegou quando eu me preparava para me deitar. Reescrevi várias vezes o que eu queria ter dito pessoalmente. Então estamos namorando?, enviei. Acho que sim, ela respondeu.

Demorei a dormir, pensando nela e no tempo que eu já estava morando com o meu irmão. Agora eu precisava de um lugar só para mim.

9.

A gente não tem só histórias tristes.

Essa era uma das frases que a mãe costumava dizer quando a gente conversava. Desde que começou a me contar as histórias da família, como se me entregasse suas joias para eu guardar, falávamos do passado. Depois que ela disse que as pessoas não tinham paciência para ouvi-la, passei a escutá-la mais. Prolongamos nosso tempo juntos escavando memórias.

A gente não tem só histórias tristes, ela insistiu, numa das últimas conversas que tivemos.

Você se lembra da nossa primeira viagem depois que me separei do seu pai?, ela pergunta, enquanto procura as caixas de sapatos onde guarda as fotos. Fomos para Caldas Novas. Você e o Leo não saíam das piscinas. A mãe me forçava a lembrar para provar que a gente tinha outras histórias. Vocês gostaram tanto, ela mostra uma foto minha e do Leo sentados na grama chupando picolé. Só saíam da água para brincar com os amigos e chupar picolé, ela ia recordando, enquanto me passava mais fotos. Era um clube imenso. Na parte de cima, perto dos apartamentos, ficavam as piscinas menores e mais quentes, onde eu e o Leo passávamos boa parte das manhãs. Mas eu adorava as piscinas que ficavam na parte de baixo, perto do bar, do salão de jogos, das meninas.

Sim, eu me lembro, mãe. Mas porque as histórias tristes são mais fáceis de lembrar.

...

Nessa viagem, eu e o Leo fizemos amizade com um grupinho de garotas. Foi na primeira noite. Gostávamos de ficar na área de jogos onde as crianças se reuniam, enquanto os pais dançavam e bebiam no bar ao lado. Foi ali que conhecemos as meninas e senti a paixão pela primeira vez. Todas eram mais velhas do que nós. A minha garota era a mais alta das três.

Você se lembra disso, mãe?

Na primeira noite, eu já não queria mais sair de perto delas. Mas a mãe apareceu tão cedo para nos levar para o quarto, que fui dormir com raiva. No outro dia, nos reencontramos perto de onde a gente comprava os picolés. E dali em diante passei o fim de semana atrás da minha garota. Ela era carinhosa, pegava na minha mão, me abraçava... Minha mãe ficou com ciúmes, porque a garota, adolescente, tinha quase a altura dela.

No último dia, enquanto minha mãe aproveitava o baile que acontecia todo fim de tarde no bar, ficamos com as meninas do lado de fora, na porta do salão de jogos. Minha garota se acomodou com as amigas sobre uma mesa de plástico, abriu as pernas e me puxou pela cintura para encaixar minhas costas no corpo dela. Conversava com as amigas enquanto mexia no meu cabelo. Era a minha namorada, eu pensava. Mas, de repente, a mãe apareceu e me chamou para ir embora. Eu não quero ir agora, mãe, eu disse triste, enquanto a garota me espremia mais com as pernas. Despeça-se delas, filho!, ela disse, com um tom que me dava medo. Quando a mãe se virou com o Leo para ir embora, a garota segurou o meu rosto com as mãos e me deu um beijo na boca.

Não consegui dormir naquela noite.

No outro dia, arrumamos as malas e descemos. Elas estavam no *hall* do hotel quando a gente chegou para o *checkout*. Fui até elas para me despedir e ela me beijou de novo. Foi quando minha mãe viu e deu uma bronca geral. Falou que eu era muito novo praquilo, perguntou se elas não tinham pai, depois me puxou e fomos embora.

Você não disse uma palavra na viagem de volta, mãe. Só dirigia com raiva. E, quando chegamos em casa, sem dizer nada, acertou a mão em mim. Naquele dia só eu gritei.

Essa é a lembrança que eu tenho do meu primeiro beijo.

...

Sim. A gente não tem só histórias tristes, mãe. Mas elas são mais fáceis de lembrar.

10.

No meio da semana, combinamos um cinema. Nos encontramos no shopping, respondi depois que Milena escreveu que ia atrasar.

Cheguei trinta minutos antes do horário do filme. Comprei os ingressos e, na hora da sessão começar, Milena escreveu que estava chegando. Quando apareceu, mal deu tempo de um abraço. Subimos a escada rolante, eu equilibrando a pipoca, o refrigerante e a ansiedade. Os *trailers* ainda passavam quando nos sentamos nas poltronas. Não nos beijamos, pensei.

Fazia dois anos que eu não ia ao cinema com alguém. Eu estava nervoso.

Então estamos namorando mesmo, sussurrei quando os *trailers* terminaram. Milena se ajeitou na cadeira, aproximou um pouco mais o corpo do meu, pegou pipoca no meu colo e concordou com a cabeça enquanto mastigava.

...

Agora me lembrei de uma cena com uma ex-namorada. Tínhamos acabado de chegar à casa do meu pai, ainda estávamos dentro do carro dela. E, antes de descer, ela me pediu para que eu me jogasse mais ao amor. Só isso. Um pedido bonito, franco. Talvez eu estivesse inseguro, com medo. Fiquei com a fala dela na cabeça por um tempo, enquanto tentava me jogar mais, me expor mais, amar mais. Dois meses depois, fui traído.

Outra cena. Na faculdade, namorei uma caloura. Eu estudava de manhã, trabalhava numa escola privada à tarde e tinha alguns alunos particulares à noite. Ganhava pouco, mas passava o dia correndo para dar conta. A namorada me ligava de quinze em quinze minutos quando a gente não se encontrava no fim do dia. Onde você está? Que horas acaba? Já está vindo? Eu dizia que não tinha motivos para sentir ciúmes. Depois descobri que ela controlava meus horários para transar com um colega da faculdade.

...

O filme acabou, Milena procurou minha mão depois que joguei os restos de pipoca no lixo. Era um jeito mais amável de me ajudar a relaxar. Já me relacionei com quem não gostava de demonstrar o amor publicamente. E já me apaixonei por quem gritava o amor aonde fosse. Eu e Milena ainda estávamos nos conhecendo.

Pensei em não usar mais o termo namoro nas relações. Uma tentativa de amadurecer mudando só a nomenclatura. Mas a verdade é que estávamos namorando. E eu, inseguro de novo.

Talvez por Milena ter me contado com naturalidade que tinha se pegado com outro na festa em que nos conhecemos. Ou por ter me dado um número errado de telefone. Ou por ter sido fria nas mensagens. Não sei. Talvez esse fosse o jeito dela.

De algum modo, tentava fugir das sensações ruins que eu sentia quando pensava em Milena.

Depois eu descobri que esse não era o jeito dela. O jeito dela era pior.

11.

Eu já era mais velho quando tive dengue pela primeira vez. Foi durante a faculdade. Eu e o Leo morávamos juntos em outra cidade, com as contas ainda pagas pelos nossos pais.

Por telefone, a mãe sugeriu que eu fosse para a casa dela. Você precisa de repouso. A dengue é perigosa, filho. Então eu fui. E, quando cheguei, a mãe já havia organizado um colchão no meu antigo quarto. Um espaço já quase vazio, pois havíamos levado os móveis na mudança para Goiânia.

Mal cheguei e me deitei. O corpo começava a sentir o cansaço que me alertaram que eu viveria. Passei o dia deitado, à base de remédios e sopa, muita sopa, que minha mãe preparava e me fazia comer de três em três horas. Você precisa se alimentar bem, ela repetia. Esse é o segredo para se curar rápido. E a comida dela era gostosa.

Os sintomas passariam em uma semana, era o que os especialistas diziam. E esse foi exatamente o prazo, uma semana deitado, com o corpo ardendo, as vistas vermelhas. Até a pele doía. Piscar os olhos me causava um desconforto tremendo. Dormir também era um problema. Minha mãe, preocupada, entrando e saindo do quarto, também fazia parte da minha rotina com a dengue. O medo de piorar, o medo da febre não baixar, o medo que eu passasse mal na madrugada e ela não visse. Tudo trazia minha mãe àquele cômodo.

Com sete dias de cama, meu corpo reagiu, passei a me levantar por alguns instantes do dia, e a andar pela casa, ainda com o corpo curvado, mas com sinais de melhora. Foi nesse fim da recuperação que um episódio estranho aconteceu.

Eu já dormia melhor, e estava no meu quarto descansando quando acordei na madrugada com uma sensação esquisita no rosto. Sem pensar, esfreguei a mão no nariz como quem tenta afastar um pernilongo, e senti as mãos encharcadas. Meu nariz estava escorrendo. Me levantei para ir ao banheiro, a casa escura e silenciosa. Pisei devagar sobre o chão frio da cozinha, sem ligar as luzes para não acordar a mãe. Ela dormia de portas abertas no quarto ao lado. Tomei um susto quando me vi no espelho do banheiro. Havia sangue pelo rosto. Liguei a torneira da pia e comecei a me limpar. O sangue não parava de escorrer pelo nariz. Enxuguei o que pude com papel higiênico, depois pressionei mais papel sobre o rosto e curvei minha cabeça para trás.

Como um fantasma, minha mãe surgiu de repente na porta do banheiro. Me assustei de novo. Quando ela me viu sangrando, entrou em pânico. Foi atrás do telefone e ligou para um amigo que era médico. Meu filho está sangrando, dizia com uma voz de medo que poucas vezes ouvi sair de sua boca. Quando desligou, voltou ao banheiro e me levou até a sua cama. Deite-se aqui, filho. Incline a cabeça para trás. Vamos aguardar, repetia, enquanto se mexia pelo quarto. Como está o nariz? Está sentindo dor? E o corpo?, fazia perguntas sem me dar tempo de respondê-las. O clima está muito seco, dizia para mim e para si mesma.

Pela manhã, quando acordei, minha mãe ainda estava ao meu lado, tricotando. Me perguntou como eu estava, se me sentia bem. Eu disse que sim. Então o médico estava certo. Não era dengue hemorrágica. Era só o clima seco, ela comentava.

Naquele episódio, não me senti em risco. Muito menos tive medo de morrer. Mas foi uma das raras vezes em que vi o medo estampado no rosto da mãe.

Uma cena que não se repetiu nem no dia da sua própria morte.

12.

A viagem com meu irmão já estava comprada quando eu e Milena começamos a namorar. Leo não tirava férias havia dois anos. Seria a primeira vez dele fora do país.

Três meses antes de viajar, num bar com a Milena, o Leo e um casal de amigos dele, o convite se estendeu para a mesa toda. Foi meu irmão quem jogou nossa viagem sobre a mesa. O casal de amigos se animou e começou a pesquisar valores de passagens ainda no bar. Milena resistiu à brincadeira do Leo. Depois, com minha insistência, disse que iria pensar. Ela gostava de dar essa volta comigo, de me fazer correr atrás, insistir, implorar. Nunca respondia rápido que queria. Resistia, como se eu precisasse correr mais. Queria que eu me humilhasse na frente dos amigos. Eu fui porque você insistiu, Milena poderia dizer depois. Mas eu sabia que ela queria ir. Só precisava dar essa volta comigo.

Na mesma noite, depois de alguns vinhos, enquanto eu falava sobre a viagem e os planos que eu e o Leo já tínhamos feito,

Milena se aproximou e, como se me elogiasse, disse que eu estava sempre certo. Sobre o quê?, perguntei. Sobre tudo, ela respondeu, e não quis mais falar. Mudou de assunto, contou histórias da família dela na Europa. Depois pediu para eu relaxar.

Perto da meia-noite, fomos embora. Eu e Leo chamamos um táxi. Antes de Milena chamar o dela, pedi para que dormisse comigo. Tem o seu irmão, ela disse, e eu não trouxe roupa para o trabalho. Não me importei em dar outra volta. Insisti. Amanhã você passa em casa antes de ir, mas dorme comigo. Milena aceitou.

No quarto, voltei ao assunto do bar. Relaxa, Milena falou, já virando o corpo para a parede. Depois levantou a coberta e me puxou para debaixo do edredom.

...

Senti pena de vê-la sair tão cedo. Pegou um táxi, passou em casa, se arrumou e foi para o trabalho. No meio da manhã, me mandou uma *selfie* de cara cansada. Culpa sua, escreveu. Quando comecei a responder dizendo que era culpa nossa, me lembrei de que eu precisava relaxar. Eu estava na defensiva. Apaguei a resposta e escrevi um elogio sobre a foto.

À tarde, comecei a pesquisar apartamentos na internet. Eu precisava de um lugar só para mim.

13.

A mãe ainda era pequena quando, numa noite, o vô chegou em casa pedindo que arrumassem as malas depressa, precisavam sair. Uma hora depois, já estavam na casa da bisa, onde ficaram por uma semana antes de voltar para casa. Em pouco tempo, o vô vendeu o barraco e deixou a cidade de Brasília rumo a Anápolis.

...

Meus avós viviam se mudando. Me lembro das casas antigas onde moraram, com quintais compridos, árvores frutíferas, um galinheiro no fundo. Na infância, eu passava as tardes nos quintais, subia nos pés de manga e só descia quando a vó gritava que a comida estava pronta.

Era comum a família se reunir nas sombras dos quintais onde a vó cultivava suas plantas, montava suas hortas de temperos e morangos. Ela adorava morangos. Muitas dessas casas já vinham com o terreno farto. Era assim que o vô escolhia a nova casa deles, pelo quintal que agradasse à vó. E ela se dedicava aos quintais, plantava o que usava na cozinha. Mas, quando nos apegávamos ao novo endereço, meu vô vendia para comprar outra. Não conseguia ficar por muito tempo no mesmo lugar.

Só quando cresci, minha mãe me contou que ele fazia isso para pagar as dívidas. Seu vô era cheio de dívidas, filho. Assim que morreu, os bancos e até agiotas começaram a ligar. Foi como descobriram o buraco em que ele havia se metido.

No fim, o vô deixou a menor casa para a vó morar. Sorte que ela sabia com quem tinha se casado, a mãe dizia. Guardou o pouco dinheiro da herança dos pais, e nem a casa de Goiás Velho ela tinha passado para o próprio nome, com medo que ele a vendesse. Depois que ele morreu, a vó reformou tudo, a casinha em que morava e a do interior. Pintou, colocou piso onde ainda era só cimento, trocou sofá, restaurou móveis antigos, comprou uma mesa de madeira para a varanda de Goiás, geladeira nova para as duas casas. Sua vó era organizada, filho. A vida dela ficou mais tranquila depois que ele morreu.

...

Minha mãe também se mudou bastante. Desde que se separou, não parou numa casa por mais de dois anos. Essa foi uma das heranças que ela trouxe dos meus avós, a mudança. Quando o vô morreu, a mãe fez sua última mudança, para a casa da vó, e as duas pararam juntas com o pinga-pinga. Nessa época, eu e o Leo já estávamos em Goiânia estudando. Para elas e para nós, era melhor que morassem juntas. Quando sua vó morrer, eu procuro um canto para mim, a mãe disse, depois que se mudou.

Não deu tempo.

14.

Assim que encontrei um lugar, me mudei o mais rápido que pude. Em uma semana, organizei minhas caixas e saí do apartamento do Leo. Ele me ajudou com o transporte dos poucos itens que eu tinha, livros e roupas. Emprestou o carro, carregou caixas e me deu uma tevê, o primeiro presente de casa nova.

Usei um pouco do dinheiro que economizei morando com o irmão para comprar os primeiros móveis. Uma cama de casal, uma arara pequena com gavetas e uma geladeira. Com isso, eu estava pronto para morar, pela primeira vez, sozinho.

...

Na noite da estreia, Milena foi dormir comigo. Limpei o piso da casa com água e sabão. O apartamento fazia eco de tão vazio. Eu e Milena estávamos juntos havia alguns meses, mas só agora tínhamos um lugar para ficarmos sozinhos.

Milena chegou às nove. Às nove e dez já estávamos na cama transando. Depois andou só de calcinha pela casa, e eu teria me mudado antes se soubesse que seria assim. Comemos no chão da sala, bebemos vinho, ainda transamos no piso fresco antes de voltarmos ao quarto.

Sábado, fomos juntos comprar os itens que a casa ainda não tinha. Um conjunto de pratos, talheres, frigideira, lixeiras para o banheiro e a cozinha. Aproveitei para parcelar uma mesa pequena de madeira, que também serviria para estudar e trabalhar. Milena me deu presentes. Um escorredor de pratos, um kit de abridor de vinhos e um capacho para a porta do apartamento escrito trouxe vinho? Passamos quase uma semana juntos. Por que eu não havia feito isso antes?, eu me perguntava, enquanto ela dormia nua ao meu lado. No domingo à noite, quando Milena foi embora, esqueceu um par de sapatos perto da entrada. Não esqueceu, pensei. Deixou, como quem diz que volta logo. Na quarta, veio com uma mochila pequena e guardou uma trouxa de roupas na arara do quarto. Ainda não comemoramos a casa nova, ela comentou. No sábado, abri um vinho branco, que tomamos enquanto ela fazia um risoto e conversávamos sobre a mudança. Essa era a primeira vez que eu morava sozinho, contei. Já era a hora, ela brincou, como se esperasse por isso há algum tempo também.

Falei das ideias que eu tinha para decorar o apartamento. Ela então pegou o celular e me mostrou uma pasta só com fotos de decoração. Eu precisava de prateleiras para colocar os livros, e decidimos montar uma igual à que ela me mostrou no aparelho, com tábuas de madeira de construção. Vamos pintar uma parede da sala assim?, e me mostrou outra foto. Combinamos de fazer a estante e pintar a parede no próximo fim de semana. Milena ficou excitada com as ideias. Ainda na varanda, começamos a tirar nossas roupas. Depois ela desfilou seu corpo até o quarto. Naquela noite, não tínhamos pressa. Gozávamos e descansávamos olhando fotos de decoração. No sábado, comprei as tintas e pequenas tábuas. Milena foi à casa dos pais e voltou com duas garrafas de vinho. Passamos o dia pintando de vermelho-terroso a parede da tevê. Nos descansos, bebemos, transamos sobre a lona no chão. À noite, enquanto eu levava a tevê para o quarto, Milena retirava manchas de tinta no banho. Dormimos antes de escolher um filme.

Depois que voltou para a casa dos pais, me enviou mensagem com um link para eu acessar. Era a pasta que havia me mostrado no bar, com as ideias de decoração. Um arquivo que alimentava havia anos. Para quando saísse de casa, ela escreveu. Uma pasta restrita, que agora compartilhava comigo.

O nome do arquivo era nosso cantinho.

15.

O pai era imaturo demais para a mãe. Isso era ela que dizia. Eu só consegui enxergar a imaturidade depois que ele morreu.

Passei a vida adorando o pai. Quando íamos de férias para a casa dele, me deixava fazer as coisas que a mãe não permitia. Sem idade para dirigir, o pai emprestava o carro e íamos para o clube com os amigos. Ele não queria ter o trabalho de cuidar de vocês, a mãe comentava. Eu ia de carro para as festas, voltava tarde dirigindo para os amigos que bebiam. O pai me deixava dar um gole no copo de cerveja quando estava bebendo. Eu e o Leo jogávamos videogame até tarde e ele não se importava. Eu adorava a liberdade que tinha quando estava com ele.

A mãe era rigorosa, principalmente com os estudos. Ficava em cima para que eu me dedicasse, saísse bem nas provas, estudasse para o vestibular. Fez isso até a faculdade. O pai queria que trabalhássemos logo. Não, primeiro os estudos, a mãe intervinha e o pai não insistia mais.

Depois que ele morreu, para diminuir nossa fantasia, a mãe contou outras histórias dele. Ele era apaixonado por mim, ela começava. Foi por insistência dele que, depois do divórcio, tentamos voltar algumas vezes. Mas seu pai era pouco para essa mulher aqui, a mãe zombava. Ele me queria dentro de casa, cuidando de vocês, enquanto saía para beber com a turma. Imagina se eu ia ser essa mulher? Ele era o caçula de onze filhos, a mãe continuava. Seus avós não tinham tempo para cuidar de tanto menino. Então ele teve que aprender a ser homem com os irmãos mais velhos e os amigos da rua. Faltou amor, a mãe completava, num tom mais sério, como se naquele instante compreendesse um pouco meu pai. Ele quase conseguiu, filho. Mesmo com o abandono, ele quase conseguiu.

...

Não sei se você soube dessa história, mãe.

Eu e o Leo brincávamos de bola no quintal da casa do pai, no interior de Goiás, enquanto ele bebia na varanda com o amigo Soledade. De repente, se aproximaram de nós e começaram a falar sobre mulheres. Uma tentativa atrapalhada de conversar sobre sexo com a gente. Eu não tinha doze anos, não estava a fim daquele papo. Mas ele tentou, como se a tarefa só pudesse ser feita daquele jeito, bebendo cerveja e usando palavras vulgares. Soledade começou a contar a história de como tinha perdido a virgindade num puteiro. O pai o interrompia para trocar puteiro por casa de mulheres. E falava em respeito sempre que o Soledade descrevia as putas. Demorei a entender que naquele dia eles queriam nos levar a um puteiro. As histórias que contavam eram para nos deixar mais à vontade. Mas o efeito era reverso. Foi o próprio pai que desistiu quando percebeu nosso desconforto. Continuamos a jogar bola. Não vimos os bêbados saírem. De noite, o pai ligou dizendo que estava na rua e que chegaria tarde.

Só voltou para a casa na manhã seguinte.

...

Ele era fraco, filho. As besteiras que fez na vida, fez por influência de outros homens ruins. Um pouco mais de amor e seu pai teria sido um homem melhor, a mãe dizia, como se o perdoasse.

16.

O primeiro mês no meu apartamento foi de atrasos com o mestrado, em meio às aulas do cursinho e à organização da casa. Desfazer caixas, montar listas de compras, desfazer mais caixas, voltar às aulas, dormir, ler, pesquisar, tomar notas para a pesquisa, escrever um parágrafo, dar mais aulas, ir ao mercado. Milena.

Ela opinava em cada item que eu pensava em comprar para a casa. Foi ela que escolheu as panelas vermelhas, para dar vida à cozinha. Escolheu também os talheres, o kit de limpeza da pia combinando com o escorredor de pratos, o tapete, as plantas para decorar a varanda e a sala. Compramos alguns desses itens no shopping, num sábado cansativo pelas lojas. Outros, ela comprava pela internet e mandava entregar no apartamento. Junto com as compras, enviava bilhetes dizendo que eram para o nosso cantinho. Ela passou a chamar o meu apartamento de nosso cantinho.

Milena me dava sinais de que estávamos avançando quando trazia à minha casa seu perfume, sua escova de cabelo, o par de chinelos e mais roupas.

...

No segundo mês, depois de adaptado ao bairro e aos vizinhos, depois de usarmos juntos a piscina e a academia do prédio, depois de receber Milena por dias em casa, ou seja, só depois de ter certeza de que estávamos indo bem, me preparei para falar sobre o assunto que ela havia trazido, o do nosso cantinho.

Foi numa sexta-feira. Combinamos de ficar em casa naquela noite. Milena viria direto do trabalho. Depois do almoço, comecei a organizar o apartamento. Limpei o chão dos cômodos como ela dizia para eu limpar, esfregando a vassoura com sabão até fazer espuma. Botei as roupas do cesto para lavar, as minhas e as dela. Tomei banho. Coloquei um vinho na geladeira. Milena não chegou na hora combinada. Às oito da noite, mandei mensagem. Aguardei um pouco antes de ligar. Milena não atendeu. Me ligou em seguida, com a voz baixa, me perguntando o que eu queria. Eu queria saber se ela viria mesmo. Ela riu, como se zombasse de mim. Depois disse que eu a sufocava.

Milena chegou à minha casa às dez. Eu já tomava o vinho. Me pediu uma taça. Fomos para a varanda. Não consigo dizer quanto tempo ficamos naquele clima tenso. Eu sabia que Milena não ia dizer nada. Como sempre, estava comigo a tarefa de perguntar sobre o que ela havia dito ao telefone. Eu te sufoco?, perguntei em um tom tão baixo que tive que repetir. Milena ainda hesitou em conversar. Quando começou, o volume já estava alto. Gritava. Por que eu te sufoco?, eu perguntava, e ela respondia a mesma coisa, que eu a sufocava. Você está exagerando, eu dizia. E Milena emendava frases duras, dizia que nosso namoro estava ficando caro para ela, dizia que precisava de um tempo. Não dizia, gritava. E eu gritei de volta. Entramos a madrugada trocando as mesmas frases, que ela estava exagerando, que eu a sufocava.

...

Quando te vi pegar a bolsa no quarto e enchê-la de roupas, me senti culpado de novo e disse para mim mesmo que eu te sufocava. Te abracei enquanto você arrumava a mochila, pedi para que não fosse embora, estava tarde. Você tentou me soltar, mas não cedi, era perigoso sair naquela hora. Vamos dormir, eu dizia, enquanto você se mexia contra o meu peito. Mais calma, te soltei. Você se sentou na cama, respirou algumas vezes, eu repeti que estava tarde. Sem falar mais nada, você foi ao banheiro, ficou trancada por três voltas que dei pelo apartamento. Eu ouvi você abrir a torneira da pia, jogar água no rosto e secar com a toalha. Depois abriu a porta, foi à mochila, pegou o pijama, se trocou e se deitou na cama. Eu fiz a mesma coisa, mas de porta aberta, com medo que você fugisse enquanto eu escovasse os dentes. Quando me deitei, você estava de costas para mim. Não te vi dormir. E você também não me viu passar a noite lembrando que eu te sufocava.

...

Milena ainda dormia quando acordei. Estava virada para o meu lado, com a mão esquerda sobre o meu peito. Coloquei minha mão sobre a dela. Milena acordou, me olhou, depois se virou para a parede. Fui para a cozinha, fiz o café. Ela apareceu na sala uma hora depois, já de banho tomado. Como se não tivéssemos brigado, tomamos o café juntos.

Mas eu ainda ouvia Milena dizer que eu a sufocava. E escutava a voz da minha mãe pedindo para eu não gritar.

Ou você vai acordar os monstros.

17.

É verdade que a gente se divertia, mãe. E é verdade também que, com o pai, nem sempre foi divertido. Eu gostava de estar com ele, até quando se juntava aos amigos. Mas era um gostar com medo. Esse era o sentimento que eu tinha e não conseguia nomear, gostar com medo.

Ele e os amigos se pareciam. Eram engraçados, contavam histórias, mas bebiam muito e exageravam nas brincadeiras. Eu não suportava os amigos do seu pai, filho.

Quando entrávamos nas memórias das farras que eles faziam na beira do rio, pescando e bebendo, a mãe me lembrava do quanto os homens eram odiosos. Ela dizia isso expressando nas linhas nervosas do rosto a raiva que sentia deles.

...

Há duas cenas desses encontros de que me lembro bem.

Na primeira, é fim do dia, final de pescaria, e estamos caminhando por uma trilha de lama para voltar aos carros. Eu tinha aproximadamente seis anos. Subo de mãos dadas com a mãe, ao lado de outras mulheres de mãos dadas com seus filhos. Os homens vêm atrás, carregando as caixas de isopor e bebendo a cerveja que sobrou antes de chegar aos carros. É assim que voltaremos para a cidade, em veículos dirigidos por homens bêbados. Ao nos aproximarmos dos carros, um dos amigos do pai sai correndo atrás das crianças gritando que vai matá-las. Ele está com um facão levantado sobre a cabeça, com o desejo de nos passar medo. Eu começo a gritar, ao lado de outros filhos que também gritam. Solto a mão da minha mãe e corro rumo aos carros estacionados na beira da estrada de chão. Crianças escorregam, se sujam de lama, sobem como podem nas caçambas das caminhonetes, escondem-se atrás dos veículos, correm de volta para as suas mães. Mas esse homem não para. Insiste nas ameaças, corre atrás das crianças, mesmo depois de ele mesmo escorregar na lama, cair e se sujar. É nesse momento que o terror aumenta. Um homem sujo de lama com um facão levantado sobre a cabeça corre atrás de mim enquanto grita que vai me matar. Subo no porta-malas do carro do pai e o terror só acaba quando minha mãe se aproxima.

Na segunda cena, dez anos depois, estamos na casa daquele mesmo homem, o do facão, recordando o acampamento e achando graça da lembrança. Não deveríamos mais ter medo dele, mas eu ainda tinha. Percebi quando ele pegou um facão sobre a mesa e repetiu a cena, agora de rosto limpo, sem lama. Se levantou da cadeira, ainda bebendo sua cerveja, e veio em minha direção. Dessa vez eu finjo não ter mais medo, pois já sou homem. Mas ele insiste na graça, repete os gritos de eu vou te matar. Em um movimento brusco, levanta o facão e finge que vai me acertar, mas eu não fujo. Quero provar àqueles homens que eu cresci. Ele persiste na ameaça, eu não me movo e então me acerta o facão nas costas, com a lâmina de lado, fazendo um barulho seco como um tapa. Então eu finjo que não senti dor, mas dói. A reação do meu pai foi a mesma da primeira história. Riu junto com os amigos, enquanto eu tentava alcançar as costas com as mãos. Era tudo brincadeira, o amigo dizia, enquanto apertava o meu braço como se me fizesse um carinho. Mas entre eles nada era carinhoso.

A mãe tinha razão. Os amigos estragavam o pai. Deixavam ele ainda mais imaturo. Eu odiava pensar nela vivendo entre eles.

A vida da mãe sempre esteve cercada de homens ruins.

18.

De algum modo, eu acreditava que, se passássemos por momentos duros como o da discussão que tivemos noite adentro, viveríamos o melhor em seguida. Como uma chuva forte limpa a sujeira dos céus das cidades.

Mas a chuva não limpa as nossas sujeiras. E depois chove mais.

...

Um mês depois da briga e de um período frio da nossa relação, pela primeira vez Milena me chamou para fazer algo com seus colegas do trabalho. Ela nunca me convidava para os eventos. Qualquer encontro no fim de semana que envolvesse o pessoal do escritório, primeiro ela dizia que não iria. Depois, que iria passar só para dar um oi. Por fim, ia sem mim e ficava o dia todo. Nos víamos à noite ou no dia seguinte. Eu me esforçava para achar aquilo normal. Era a salpicada de desconforto que eu deveria lidar. Toda relação tinha disso, eu dizia, para acalmar a insegurança.

O fato é que, quando Milena me convidava para sair, íamos só os dois.

Por que você não vem comigo para Belo Horizonte?, me perguntou, contando que teria uma reunião na cidade, na semana seguinte, e que pretendia emendar o fim de semana. A gente podia aproveitar para conhecer Beagá. Me animei com a ideia. Compramos as passagens juntos, para dias diferentes. Eu iria na sexta, depois do trabalho, e Milena na quinta à tarde, para a reunião na manhã seguinte. Nos encontraríamos à noite, no hotel. Combinamos assim.

Então, na quinta à tarde ela viajou. E, à noite, já estava com a turma em um boteco.

Assim que pousei, fui para o hotel que tínhamos reservado. Ela chegou de táxi em seguida, cansada depois de um dia de reuniões. Ela queria dormir, enquanto eu tentava descobrir onde iríamos nos encontrar com seus colegas. Perguntei como tinha sido a noite anterior, no bar, mas Milena falava pouco, que tinha sido bom. Estava a turma toda?, eu perguntava, tentando descobrir se tinha muitos homens com ela, se o rapaz que ela havia beijado no dia em que nos conhecemos estava junto. Queria que ela me contasse antes de nos encontrarmos com eles. Mas Milena estava quieta, respondendo sim e não para toda pergunta, enquanto se despia para o banho. Naquela noite não iríamos sair, ela me contou depois da ducha. Estava cansada demais.

Nos deitamos os três. Eu, ela e minha insegurança.

...

Na manhã do sábado, descobri que eu havia me enganado. Não iria conhecer o pessoal do trabalho. Entendi quando saímos e não encontramos ninguém. Passamos o dia rodando pelos pontos turísticos da cidade. Começamos pela Pampulha, fomos à lagoa e ao Museu de Arte. No Museu, Milena andou mais lenta e afastada de mim. Depois almoçamos no Mercado Central, comemos sanduíche em um quiosque, tomamos um chopp. À tarde, rodamos de táxi pelo outro lado, fui conhecer o Mineirão. E, mais próximo do fim do dia, ficamos pela Savassi, em um restaurante perto do hotel.

Milena estava mais carinhosa. Conversamos sobre a semana, contei a ela que eu estava pensando em dar um tempo na pesquisa do mestrado. Muito estresse, completei, como se justificasse com isso nossos últimos desentendimentos também. Ela falou sobre a correria da semana, com as pendências de trabalhos e as reuniões. Quando terminou, aproveitei para tentar saber de novo sobre a noite com os amigos. Mas ela repetia o que havia dito no quarto, que tinha sido bom.

Tenho uma surpresa, ela disse antes de voltarmos ao hotel. Tentei adivinhar, mas não me disse mais nada. Quando entramos no *hall*, Milena começou a passar mal, muita dor no abdômen. Eram cólicas, ela reclamava, enquanto colocava a mão sobre a barriga. Me pediu para que fosse à farmácia do outro lado da rua comprar remédios. Não se preocupe, não está tão mal. Só preciso do remédio, disse enquanto eu me apressava.

A farmácia estava cheia, tive que esperar numa fila. Comprei e atravessei correndo a rua pensando em Milena. Subi apressado ao quarto. A porta estava trancada, tive que bater para que ela abrisse. Demorou. Antes de eu bater de novo, abriu a porta devagar e apareceu seminua, de lingerie preta, cinta-liga e um salto. Também tinha passado batom vermelho. Depois escancarou a porta, como se não se importasse que outras pessoas a vissem. Ou se tentasse me provocar um pouco mais. Entrei. Milena me levou até a cama. Ligou uma música no celular. Se virou de costas para que eu olhasse sua bunda com a calcinha enfiada. Me puxou, me sentou na borda do colchão e se abaixou para tirar a minha calça. Eu já estava excitado quando colocou a boca no meu pau. Milena não costumava me chupar. Parecia que não gostava. Nas vezes em que fez, me machucou um pouco. Também não gostou quando eu pedi para fazer com mais cuidado. No hotel, começou devagar. Mas logo colocou força, de um jeito que não me dava prazer, só dor. Não tive coragem de pedir de novo. Esperei até que pudesse mudar de posição sem deixá-la desconfortável. Milena se deitou na cama ainda de salto, abriu as pernas e me puxou para cima dela. Não me deixou tirar sua calcinha na hora da penetração. Puxou ela de lado, pegou o meu pau e colocou dentro de si.

...

Depois da transa, eu voltava a confiar que Milena gostava de mim. Ela gemia alto quando tinha um orgasmo, e me fazia acreditar que sentia prazer comigo. Estava tudo bem.

...

Duas semanas depois da viagem, fomos passar um fim de semana com os pais de Milena e uma tia na casa de campo que eles tinham em Pirenópolis.

Era uma casa em meio aos morros e cachoeiras que rodeiam a cidade histórica. Seu pai havia comprado o espaço com mais dois amigos, foi o que me contou na estrada rumo a casa. Eles dividiam os finais de semana e feriados de modo que cada família pudesse usar o lugar com privacidade. Eu e Milena viajamos sozinhos no carro dela. Seus pais e a tia foram na quinta, um dia antes. Meu pai sempre vai mais cedo, comentou, enquanto dirigia. Também conversamos sobre a casa, a tia e o que costumavam fazer quando iam para lá. Sempre a mesma coisa, explicou. Descansavam enquanto o pai dormia. Comiam e bebiam na varanda quando ele estava acordado. À noite, andavam pela cidade.

Chegamos.

Quando viram nosso carro, os três desceram da varanda até o estacionamento e, enquanto parávamos, deu para notar que era uma casa grande, toda de madeira e vidros. Ficava no pé do morro dos Pirineus, em meio a uma mata exuberante. O pai foi o primeiro a se aproximar, já com um copo de cerveja estendido para mim. Deu dois tapas no meu ombro, depois foi até a filha, pegou a mochila do carro e me conduziu para dentro. Sem calma para me mostrar a casa, passamos pela sala, pela cozinha, pelo enorme balcão de madeira que dividia os dois cômodos, desviamos de algumas vigas e chegamos à área dos quartos. No corredor, ele entrou no primeiro cômodo à direita. Eu o acompanhei, sem deixar de notar mais cinco ou seis portas ao fundo. Entrei, ele colocou a mochila de Milena sobre a cama de casal, me apontou o banheiro, como se exibisse a suíte, e me disse para ficarmos à vontade. Botou a mão no meu ombro outra vez, agora para me empurrar para fora, até a varanda. Lá, me apontou uma poltrona para eu me sentar, enquanto se deitava na rede e soltava um longo suspiro. As mulheres ainda estavam recolhendo os itens do carro. Depois ficaram dentro da casa mais um tempo conversando e preparando comidas.

Durou quase uma hora o sumiço de Milena, enquanto eu elogiava a casa e o quintal para o seu pai. Eu quis entrar e oferecer ajuda, algo que me tirasse do desconforto de ficar sozinho com aquele homem. Decidi beber mais rápido, quebrar o gelo com o álcool. Isso eu tinha aprendido com o meu pai, que dava goladas para ficar alegre depressa. Depois elas chegaram com comidas fatiadas e separadas em uma grande tábua de frios. Não fizemos mais nada naquela noite além de comer, beber e conversar. Antes das dez, já estávamos nos quartos dormindo.

...

Foi depois do café que o clima começou a azedar. O pai dela já bebia desde cedo. Milena aproveitou para me mostrar a casa, o quintal, o pequeno riacho que corria aos fundos. Quando a mãe nos avisou que o almoço estava quase pronto, o pai resolveu fazer uma cena. Ligou o som da sala em um volume tão alto que incomodou todo mundo. Com educação, Milena pediu para que o pai abaixasse o som. Ele riu, se aproximou da filha, fez uma dança ridícula, caminhou em direção ao aparelho e, ao invés de diminuir, aumentou. Pai!, Milena gritou. Mas o homem já tinha virado de costas e saído da sala. Ela olhou para a mãe algumas vezes, falou algo que eu não entendi, a mãe fez sinal para que ela relaxasse. Logo ele abaixa, ela berrou.

Milena me tirou da casa, fomos dar outra volta pelo quintal. Enquanto saíamos, a mãe alertou que o almoço estava quase pronto. Milena não respondeu. Caminhamos por uns dez minutos no quintal enquanto ela reclamava do pai. Ele é insuportável!, disse com raiva. Ele está brincando com você, comentei, enquanto a filha parecia concentrada em outra coisa, como se armasse uma vingança. Quando voltamos, entramos pela varanda, a mãe e a tia organizavam a mesa do almoço, enquanto o homem bebia na mesma posição da noite passada, esticado na rede. Quando Milena passou perto dele, ele avançou sobre suas pernas e gritou algumas vezes minha filhinha irritadinha!, minha filhinha irritadinha. Você é um chato, Milena disse, mas num tom já fraterno, enquanto se livrava dos braços do pai nas suas pernas.

Todos se serviram e começaram a almoçar, menos o patriarca. Ele mexia no celular, gargalhava, de vez em quando lia uma notícia em voz alta e emendava com um comentário preconceituoso. Primeiro foi sobre a legalização do aborto, ele era contra. Disse que era um crime matar bebês. A mãe e a tia concordaram. Milena ficou calada. Depois, ele fez piada com a morte de uma vereadora no Rio de Janeiro. A tia riu, a mãe dessa vez não achou graça. Milena me olhou com vergonha do pai.

Já tínhamos terminado o almoço quando o homem pegou o celular para me mostrar uma imagem compartilhada no grupo de amigos. Uma montagem com uma foto antiga de uma atriz ao lado de uma foto atual. Olha que tribufu, ele disse. A tia pediu para ver, e debocharam juntos. Milena não pediu, mas o pai lhe mostrou. Não tem graça, ela disse. O pai respondeu que era só uma piada, e ofereceu uma cerveja para acalmá-la. O clima na mesa ficou péssimo. A música parecia ainda mais alta.

Quando o pai pegou no sono, a mãe abaixou o volume. Depois se aproximou de mim e pediu que eu relevasse as gracinhas. Ele era assim mesmo, ela reforçou.

...

À noite, saímos para a cidade. Andamos pelas ruas do centro, entramos em algumas lojas, as mulheres queriam ver roupas, o pai estava com fome. Caminhamos até a rua dos restaurantes e nos sentamos em uma pizzaria, nas mesas de fora. O clima entre eles continuava azedo. O pai só conversava comigo, os mesmos assuntos do almoço. Enquanto comíamos, ele mexia no celular, ria de qualquer coisa. Me mostrou outra foto, agora de uma mulher de biquíni, e comentou que no grupo de amigos era putaria o dia todo. A mãe quis saber o que era e não gostou. Depois pediu para que ele guardasse o celular. E se fosse uma foto minha?, Milena perguntou, olhando séria para ele. A mãe pediu a conta, o pai pagou todo o jantar e fomos embora.

Na chegada a casa, o mesmo homem pegou um vinho na adega, abriu na cozinha, encheu uma taça para si, respingou vinho no balcão, carregou a garrafa para a varanda e se deitou na rede outra vez. Eu e Milena fomos para o quarto. Assim que nos acomodamos na cama, ela deitou a cabeça sobre o meu peito e, sem esperar, colocou a mão por dentro da minha bermuda. Depois tirou a bermuda, aproximou a cabeça da minha cintura e começou a me chupar. Uma janela fina de metal nos separava de onde o pai estava deitado. Milena não se inibia com os barulhos que fazia enquanto me chupava. O som da casa estava ligado, mas ela queria competir com ele. Depois tirou a roupa, se sentou sobre mim e transamos enquanto o pai se embriagava do lado de fora.

Era a vingança.

...

No domingo, quando nos levantamos, o pai já estava de pé. As mulheres preparavam a mesa e a vida seguia normal. Comemos juntos na varanda. Nem mesmo a natureza se dispôs a cobrir o silêncio que reinava no café. Terminamos, voltamos para o quarto, arrumamos as malas e nos despedimos da família. Milena quis ir embora mais cedo. O pai ainda teria o domingo inteiro para beber e irritar quem estivesse por perto.

Enquanto ela dirigia, me contava que os pais já tinham se separado uma vez. Foi quando a mãe descobriu as traições. Por que ela voltou?, eu quis saber. Milena se calou. Depois retornou do silêncio para dizer que ficava triste quando lembrava que a mãe não tinha nada. A casa, o carro, os móveis, o dinheiro, a vida que os dois levavam era toda dele.

Numa outra curva da estrada, Milena lembrou que nunca tinha visto a mãe pagar uma conta.

19.

As tarefas mais pesadas, meu pai deixava para a mãe. Era ela quem educava, acompanhava na escola, corrigia. Esse era o maior conforto dele, a minha mãe. Eu queria um companheiro, não um homem frouxo, ela dizia, enquanto lembrava.

Já adulto, foi difícil lidar com essas duas figuras do pai. O que me deixava fazer de tudo e o que não fazia nada. O que dizia que me amava e o que nos abandonava para ficar com os amigos.

Ele precisou morrer para eu conhecê-lo. Essa frase me vem junto com as dúvidas sobre como seria nossa relação se ele ainda estivesse vivo. Como eu o olharia depois de saber das histórias que sei hoje? Ele sentiria vergonha ou se defenderia, como costumava fazer? Pediria desculpas? Duvido.

Às vezes ainda sonho com ele. Por vezes acordo com raiva. Mas também há dias em que sinto saudade. É difícil odiar um pai depois de aprender a amá-lo tanto.

...

Antes de eu entrar para a faculdade, recebi uma oferta de trabalho temporário no interior do estado. O dinheiro era bom, para trabalhar por dois meses na fazenda de um amigo da mãe. Desde que não parasse os estudos, minha mãe colocava essa condição para eu aceitar. Topei, mas só porque era muito dinheiro para quem nunca teve nada.

Foram dois meses difíceis. Não voltei à minha cidade uma vez sequer. Fiquei enfurnado na fazenda, com pessoas que eu não conhecia, trabalhando de domingo a domingo na colheita da soja. Minha tarefa seria simples, cuidar do escritório da fazenda, lançar números em planilhas. Por isso eu também topei. Meu pai adorou. Sonhava que eu me tornasse um profissional da tecnologia, ele falava assim de qualquer um que soubesse mexer em computador naquela época.

No fim do primeiro mês eu já estava arrependido. Morava num quarto minúsculo, ao lado da sede da fazenda. No escritório, uma espécie de depósito de móveis estragados, havia um computador. Mas ele era inútil.

No começo do segundo mês, liguei para o pai e disse que queria voltar. Contei que trabalhava dia e noite, sem descanso. O combinado era diferente do que eu fazia, eu tinha que ir para o campo, dirigia caminhonetes, tratores e motos, dava assistência ao gerente e aos peões. Contei dos tombos que já havia tomado, das piadas que faziam com o meu cabelo, das grosserias. Não mexi em computador, pai. Falei que sentia saudade dele. Eu vou te buscar, filho, ele dizia enquanto eu continuava enumerando os motivos para ir embora. Se quiser, eu vou te buscar agora, ele reforçava, e eu chorava, dizia que sim, enquanto o pai se emocionava do outro lado. Desliguei com a notícia de que ele estava indo. Respira fundo, minha mãe dizia. Eu respirei uma, duas, três vezes. Depois peguei o telefone e liguei de novo. Não precisa mais vir, pai. Eu vou ficar.

Gostei de ouvi-lo dizer que me buscaria. Eu precisava lembrar que não estava sozinho naquele fim de mundo. Era como eu me sentia na fazenda, abandonado, sozinho. Meu pai tirou minha angústia me lembrando de que eu não estava só. Que ele estava perto e pronto para me buscar.

...

Você podia ter sido esse homem para a minha mãe, eu pensei.

Mas aquele era meu pai. Ele não era só as coisas que minha mãe falava. Era odioso, mas amoroso também.

Difícil é conviver com a lembrança dos dois.

20.

Perdi a virgindade aos vinte anos.

Quase todos os meus amigos perderam antes dos quinze. Até eu transar pela primeira vez, não sentia vontade alguma. Na verdade, tinha medo.

O pai bebia com os amigos e eles contavam histórias nojentas sobre as primeiras transas deles. O sexo era só uma brincadeira de enfiar o pau em qualquer buraco que encontrassem.

Para a mãe, transar era sinônimo de gravidez ou doença. Ela só falava de sexo passando medo. Cuidado para não acabar com a sua vida cedo, filho.

Sempre que eu chegava perto de perder a virgindade, sempre que eu tinha a chance, eu adiava e a hora nunca chegava. Fiz isso o quanto pude. Até acontecer pela primeira vez e sentir que o sexo não era um problema meu. Mas deles.

...

Passei a mentir. Escondi da mãe o quanto pude sobre a minha primeira transa. Eu não queria que me enchesse a cabeça com mais medo e terror. Mas, toda vez que eu saía de casa, ela me perguntava o que eu ia fazer, como se tentasse saber se eu ia transar. Não me deixava sozinho com a namorada, arrumava tarefas para ocupar meu dia, me mandava à casa dos avós, ao banco, ao centro da cidade, como se eu precisasse cumprir missões para ela.

Uma noite, pedi o carro da mãe emprestado para levar minha namorada em casa. Não demore, filho, foi o que ela disse junto de outros conselhos antes de me entregar as chaves. Cuidado com o trânsito, não bata meu carro, não gaste toda a gasolina, volte logo. Entrei no carro e, na quadra seguinte, em vez de virar à esquerda, desci direto para a clínica da mãe. Eu sabia que ela deixava uma cópia da chave no carro. Sem grana para o motel, fizemos sexo no tapete do consultório, com as almofadas das poltronas espalhadas pelo chão. Depois deixei a namorada em casa e voltei. Quando entrei, a mãe reclamou da demora. Mas a bronca compensava.

Naquela época, a mentira era a minha vingança. Como se reivindicasse de volta o prazer que meus pais me roubaram. Menti até virar adulto. Depois parei. Numa das últimas conversas que tivemos antes da sua morte, contei essa história para ela. A mãe achou graça, como se já soubesse. Ou como se tivesse feito coisa parecida na juventude.

Seu avô era muito pior do que eu, filho. Ele me espancaria se soubesse de uma história dessas. Mas eu também mentia.

21.

Na semana da viagem, Milena organizou uma planilha com os trechos dos voos que faríamos, as cidades que iríamos visitar, as informações dos trens e ônibus, inclusive com os horários e os custos de cada um. Também listou os hotéis e casas alugadas, junto com os valores. Eu gostava de ver Milena com o papel de organizadora da viagem. Passei a dizer que minha namorada era o oposto de mim, organizada. Essas frases clichês que os casais usam para provar que se completam.

Dias antes de embarcarmos, Milena contou que havia fechado uma outra viagem, com as amigas, e logo depois da nossa. Da Europa, voaria para os Estados Unidos, onde se encontraria com mais duas colegas do trabalho. Passaria o resto do mês numa *road trip* pela América, era o termo que ela usava. Já tinha montado outra planilha, menor, só para ter um norte. O contrário da nossa viagem.

Que bom, eu disse, tentando disfarçar o desconforto. Meus gestos denunciavam o que minha voz tentava esconder. Eu não sabia onde colocar as mãos enquanto Milena falava. Eu estava inseguro de novo. Talvez esse fosse seu objetivo, me deixar inseguro. E eu me sentia um homem ruim por não ficar feliz por ela.

Outra sensação que guardei daquela época foi a de pensar que eu não era a parte gostosa da vida de Milena. Era outra coisa. Um compromisso, uma tarefa a cumprir. Mas não a parte que lhe dava prazer. Eu pensava muito nisso.

...

Nem tudo foi ruim. Estávamos na Espanha, Milena seguia sua planilha à risca, procurava pelos restaurantes que havia marcado e íamos. Leo, Milena e o casal de amigos se entendiam bem, e isso me animava. Andamos bastante nos primeiros dois dias, em Barcelona. Os próximos seriam na estrada, viajando até Sevilha. Foi quando mudamos os planos. Por sugestão dos amigos do Leo, trocamos as viagens de trem e ônibus por um carro alugado, para conhecer outras cidades. Milena não se opôs. Apenas comentou que queria viajar de trem, mas mataria esse desejo numa outra viagem. Atualizou a planilha, acrescentou os novos trechos e nos mostrou o plano. Era isso.

Foi quando ela mudou. Continuava se esforçando para agradar ao Leo e aos amigos. Mas, comigo, se afastava. Me tocava menos, não pegava na minha mão, não me beijava. Em Valência, chegamos cansados. Encontramos nossa hospedagem, nos acomodamos nos quartos. Milena foi a primeira a tomar banho. Fiquei conversando na cozinha até ela sair. Depois fui para o chuveiro. Quando voltei, ela disse que ia dormir. Fui atrás. Assim que se deitou, virou para a janela e fechou os olhos sem me dar boa-noite. Está tudo bem?, e ela murmurou que sim.

Estava ansiosa para a viagem com as amigas, só isso. Fiquei sentado na cama pensando no que dizer. Não disse. Apaguei a luz, voltei para a cozinha e conversei com o pessoal por mais uma hora. Mas minha cabeça estava em outro lugar. Eu só pensava que Milena me odiava.

Nos dias seguintes, me ignorou. Ela chamava o Leo quando queria mostrar alguma coisa, conversava com o casal e passava os olhos rapidamente por mim. Se esforçava para me fazer mal. Eu me esforçava para não entrar no jogo. Mas cada dia da viagem eu sentia mais o ódio dela.

...

Milena foi embora. Eu voltei ao Brasil. As férias dela, agora livre de mim, só estavam começando. Foram duas semanas longe. Nesse tempo, falamos pouco. Ela sempre apressada, em trânsito para outra cidade, num bar, numa boate. Ou apenas cansada demais para falar. Numa das poucas chamadas que fizemos, discutimos. Eu não preciso te contar tudo, ela dizia. Mas eu só queria saber um pouco. Estou cansada, repetiu no final da ligação.

As mensagens ficaram mais espaçadas. Eu tinha medo de irritá-la de novo, lutava contra a sensação de que Milena me odiava. Como odiava o pai, Milena me odiava.

Ou, talvez, a cada dia, ela se parecesse mais com ele.

22.

Vou cozinhar, a mãe disse por mensagem, como se precisasse nos convencer a ir vê-la. Fomos eu e o Leo.

Almoçamos, ficamos na mesa ouvindo a vó contar as mesmas histórias que eu ouvia desde criança. Depois fomos para a sala, a vó nos trouxe um café, assistimos a um pouco de tevê antes da mãe nos chamar para o quarto.

Quando o Leo beijou na boca pela primeira vez, a mãe o chamou no quarto para conversar. Era seu jeito de controlar desastres. Na cabeça dela, qualquer coisa poderia virar um desastre se ela não conversasse. Depois o Leo me contou sobre o papo, que a mãe quis saber até o que ele havia sentido na hora do beijo.

Há poucos anos, nos chamou nesse mesmo quarto para nos contar que o vô estava morrendo.

Agora, a mãe estava com câncer.

Esse era o assunto do encontro. A voz baixa, tremia quando pronunciava a palavra câncer. Ela estava com medo. Não só da doença, mas também de como reagiríamos. Podem perguntar o que quiser, ela dizia, como se tentasse monitorar nossas emoções. Me lembro de ter feito perguntas sobre o tratamento. Mas o que eu realmente queria saber era quanto tempo de vida ela tinha. Na nossa família, quando as pessoas adoeciam de doenças assim, não viviam muito.

...

Depois da conversa, passamos a acompanhar a mãe em cada etapa com o médico. Nos revezávamos, eu e o Leo, para irmos com ela às consultas e aos exames. Ouvíamos cada palavra tentando encontrar a data, o prazo, a sentença. A mãe visitou vários oncologistas até chegar a um especialista no câncer dela, de ovário. Como é estranho dizer que o câncer era dela, como se tivesse ganhado um presente... Fez muitos exames antes da primeira cirurgia para a biópsia. Mas nenhum médico dizia o que eu queria saber. Quanto tempo a mãe ainda tinha? Eu não conseguia formular a pergunta. Quais as chances da mãe se curar desse câncer, doutor?, eu tentava, mas a frase morria na minha garganta. Enquanto eu me preocupava com o prazo de vida, a mãe fazia o que precisava fazer. Um passo por vez, como ela mesma dizia.

Um amigo nosso, de infância, acompanhou o início da doença e da nossa tristeza. Na época, ele cursava medicina e nos pediu os exames para mostrar o caso da mãe aos professores.

...

Um mês depois, quando nos reencontramos na casa dele, gastamos um tempo com assuntos menores. Ele falava da faculdade, do quanto estudava, do carro novo, da reforma no fundo da casa, da dificuldade com a mãe que tinha Alzheimer. Depois nos convidou ao quarto, como a nossa mãe fazia. De acordo com os exames, com o que ouviu dos professores e com casos semelhantes, a chance da mãe era pequena, ele disse. Depois mudou. Disse que, na verdade, era mínima. E, em seguida, deu sentença final de seis meses. Esse era o tempo máximo que a junta de professores acreditava que a mãe tinha.

O amigo nos acompanhou até o portão, como um médico conduz os familiares da vítima até a recepção. Nos abraçou friamente e nos despedimos.

Não vamos falar disso com a mãe, combinei com o Leo quando entramos no carro. E não falamos.

23.

Na semana em que voltou, Milena me avisou que trabalharia no fim de semana. Era a convenção semestral da área dela, num resort a cem quilômetros da capital. Um evento que eu não poderia ir, ela repetiu mais de uma vez.

Foi porque eu quis saber demais, foi porque eu não quis saber de nada. Foi porque gritei, foi porque me calei. Eu procurava uma culpa para o nosso afastamento. E, quando não encontrava, me consolava com a ideia de que as relações eram difíceis. Eu precisava suportar se quisesse ficar com Milena.

Não me saía da cabeça que, no mesmo dia em que nos conhecemos, ela também tinha beijado um colega do trabalho. Como é difícil controlar a insegurança. Comecei a imaginar Milena no resort, na piscina, nos drinks do bar do hotel, no quarto... Minha imaginação era um convite para eu ver as ruínas.

...

Na sexta-feira à noite, depois que Milena não respondeu minhas mensagens, resolvi ligar. Ela me atendeu e conversou tranquilamente. Estava se arrumando para o jantar no jardim do resort. Que legal. Aproveita, eu disse. Gostaria de estar aí com você, mas isso eu não disse. Ouvi outras vozes no quarto, eram suas colegas se arrumando também, ela respondeu quando eu perguntei. Naquele dia, Milena não me escondia nada.

Depois que desligamos, liguei para o Leo, ele me atendeu. Me retornou com uma mensagem perguntando se era urgente. Não era, me ligue depois. Comecei a beber sozinho em casa. Abri uma garrafa de vinho, peguei o resto de comida do almoço na geladeira e esquentei no micro-ondas. Bebi a garrafa toda. Busquei o celular para ver as redes sociais, curti fotos de amigas, mandei mensagem para uma conhecida. Pesquisei na internet o que teria na cidade, nada empolgava. Bêbado, busquei por garotas de programa. Abri alguns sites, mas não tive coragem. Liguei a tevê, apertei o *play* em um filme repetido. Apaguei no sofá.

...

No sábado de manhã, liguei para a mãe. Eu precisava tirar Milena da cabeça, ao menos um pouco. Era urgente mudar de assunto, conversar outras coisas, pedir ajuda para quem podia ajudar.

Desde que começou a enfrentar o câncer, ela estava mais calma. Essa era a palavra dela agora, calma. A angústia de colocar os filhos no mundo já tinha passado havia alguns anos, ela falava assim de nós. Com a doença, entrou num outro estado, mais calada, como se ponderasse mais.

Sua vó anda mais impaciente com os outros, filho. Foi o que a mãe disse quando começamos a conversar naquela manhã. Está um doce comigo, ela brincava, com um orgulho meio trágico por ter mais a atenção da vó agora, quando estava com câncer. E o tratamento?, eu perguntava, mas no fundo queria saber o que sente um corpo sentenciado a seis meses de vida. Um passo por vez, ela dizia, contando das próximas consultas. Isso era bonito de ver, sua calma para fazer o que podia fazer. Repetiu os detalhes das consultas que eu tinha ido com ela. Mas escutei até o fim, pois, quanto mais a gente conversava, menos eu pensava em Milena. A doença da mãe deixava o meu problema insignificante. Era um convite para ver as ruínas de longe...

A mãe me ajudava a voltar ao meu centro. Ela usava essa expressão, voltar ao centro, sempre que via alguém angustiado. Respira fundo, filho, ela dizia, e meu sufoco ia se desmanchando devagar.

Não acorde os monstros, eu ainda ouvia a mãe dizer. E o centro sumia de novo.

24.

Milena voltou do resort no domingo. Liguei no fim do dia, mas ela não atendeu. Me mandou mensagem dizendo que estava desarrumando a mala e botando as roupas para lavar. Te ligo mais tarde, escreveu. Não ligou.

Na segunda, me pediu desculpas. Apagou na cama depois que organizou o quarto, se justificou. E disse que queria me ver. Na terça, quando chegou ao apartamento, eu estava com a tevê ligada assistindo às notícias sobre a pandemia. Há um mês, quando falaram do vírus na China, não demos importância. Quando chegou ao Brasil, a notícia mudou nossa rotina de repente.

Ficamos juntos no sofá, com a tevê ligada, tentando adivinhar quanto tempo duraria a quarentena. Na cama, antes de dormir, ela foi avisada por e-mail que o escritório ficaria fechado por uma semana. *Home office* para todos, ela me contou. Pela manhã, eu soube que minhas aulas estavam suspensas.

Depois do café, Milena falou com a família. Me lembro de vê-los conversando alto em uma chamada de vídeo, o pai dizendo que era exagero, colocando a culpa na China, repetindo isso enquanto soltava uma gargalhada forçada. Milena pedia para ele deixar de ser bobo, mas ria junto.

Mandei mensagem para a minha família. A mãe estava em casa, de repouso, aguardando exames para começar a quimio. Leo, que já trabalhava em *home office* havia um tempo, estava na casa dele. Eu e Milena passamos o dia no apartamento acompanhando as notícias, tentando entender o que significava uma pandemia.

Aos poucos, ela me contou como havia sido o fim de semana no resort. Fiz o almoço enquanto conversávamos. Muito trabalho, ela dizia. Falava da programação cheia de apresentações, de planejamentos e usava outras palavras em inglês, como *budget, benchmark, feedback*. Depois foi mostrar o local do evento e eu vi outras fotos no seu celular. Era uma pista de dança. Me mostra essas fotos, eu pedi. Milena me ignorou. Me mostra essas fotos, eu insisti. E brigamos de novo.

Não. Eu não queria ver tudo, como ela dizia. Eu só queria saber um pouco. Porque não saber de nada era angustiante demais para mim. Então teve festa no resort?, eu perguntei, e Milena começou a gritar. Disse coisas que ainda não tinha dito para mim. Naquele dia, me chamou de paranoico.

Tudo que tentei falar em seguida foi interrompido pelos berros dela. Tive que gritar mais alto para que me ouvisse. Berrei para que me tratasse como seu namorado, não como seu pai!. Milena se assustou quando falei a palavra pai. Depois deu uma gargalhada parecida com a dele.

Não brigamos mais naquele dia. Mas foi um silêncio humilhante, como se eu tivesse perdido outra batalha. Quase dava para ver o prazer que ela sentia em me deixar mal.

...

Acordei de madrugada com Milena tirando minha cueca. Me chupou com força outra vez, até eu gozar. Depois subiu no meu colo, colocou minhas mãos nos seus seios, me fez apertá-los forte, enquanto se mexia cada vez mais rápido sobre mim. Soltou um gemido alto quando gozou, quase me fazendo gozar de novo.

Dormiu tão depressa quanto o sexo que fizemos. Ainda fui ao banheiro antes de me deitar. Quando voltei, Milena já não se mexia na cama. Como se a violência não a fizesse perder o sono.

25.

O médico pediu para que adiássemos a biópsia da mãe em uma semana. Ela avisou no grupo da família.

A mãe estava calma quando liguei. Me contou que lia mais, e que as leituras a ajudavam com a ansiedade. Quando vier, me traz outros livros?, ela pediu.

Passamos a nos falar todos os dias. Enviávamos perguntas no grupo querendo saber como ela havia dormido, se tinha alguma notícia do médico, se sentia dores. No privado, eu e Leo conversávamos para pensar em como não deixar a mãe triste. Vamos mudar de assunto, combinávamos. Mas, no dia seguinte, voltávamos a perguntar sobre as dores e a cirurgia.

A quarentena seria mais longa do que imaginávamos. No fim da segunda semana, a mãe nos chamou por vídeo, para contar que o médico queria marcar a cirurgia logo. Ficamos animados. Na segunda-feira, estávamos conectados numa videochamada com o doutor Queiroz, o cirurgião responsável pelo tratamento.

Era uma conversa protocolar pré-cirúrgica, para tirar nossas dúvidas e seguir o mais rápido para o procedimento. No papo, ele contou que, além dos nódulos, queria retirar o útero. Você não precisa mais dele, falou para deixá-la tranquila. A parte chata foi descobrir que não poderíamos acompanhar a mãe no hospital, por conta do isolamento.

O médico é cuidadoso, eu disse ao Leo por mensagem, depois que desligamos a chamada. Eu estava desacostumado com pessoas cuidadosas.

...

Uma semana depois da reunião, a mãe foi para a cirurgia. E tudo correu como o médico antecipou, da retirada dos nódulos à extração do útero. A mãe precisou dormir duas noites sozinha no hospital. No terceiro dia, o Leo me ligou para contar que já estava com ela no carro. Passou o telefone para a mãe, que descreveu o filme de terror que presenciou, com alas inteiras fechadas para a Covid. Depois falou do otimismo do médico com o tratamento. Quando começava a quimio? O que mais ele tinha dito? O que estava escondendo da gente?, eu queria saber, mas não perguntava. Um passo por vez, eu me acalmava lembrando do que a mãe dizia.

Um passo por vez, eu repetia em meio às angústias com Milena. Um passo por vez.

Ou melhor, um monstro por vez.

26.

No meio da semana, Milena foi para a casa dela. Dormiu dois dias por lá e voltou na sexta-feira. Não aguento mais meu pai, ela disse, quando eu abri a porta.

Esquentei uma pizza congelada do mercado, assistimos a um filme, enquanto Milena acariciava minha cabeça no sofá. O pedido de desculpas não existia entre nós. Mas havia algo nos gestos que eu achava que se parecia com um pedido de desculpas. E eu aceitava. No sábado, acordei e Milena estava fazendo o café. Já tinha arrumado a mesa da sala, limpado as vasilhas da pia, coisas que não costumava fazer. Na casa dos pais, a mesa estava sempre pronta. Dona Matilde era quem fazia os ovos, preparava as torradas e cortava as frutas. Quando Milena saía do quarto, o café estava na mesa, o pai na rua, a mãe na cama. Milena acordava sua mãe e as duas comiam juntas. Matilde só se sentava depois que elas se levantavam. Presenciei essa cena na primeira vez que dormi na casa dela. Foi quando terminamos de assistir a um filme tarde da noite. Milena me convidou para ficar, eu disse que não. Meu pai não se importa, insistiu. Mas eu prefiro ir para casa, respondi, justo no instante em que sua mãe apareceu na cozinha e me pediu para ficar. Então fiquei. Na manhã do outro dia, tomei o café com as duas, enquanto Dona Matilde nos aguardava para limpar a mesa.

...

No apartamento, domingo, Milena me pediu para ir com ela à casa dos pais. Precisava pegar mais roupas, pois pretendia ficar mais comigo. Gostei da ideia. Combinamos de tomar cuidado, usar máscaras, álcool em gel e não nos aproximarmos tanto deles. Ela topou, mesmo achando um exagero meu. Eles não saem de casa, ela quis argumentar.

O pai continuava a repetir absurdos sobre a pandemia. Dizia que não era para isso tudo, que planejava voltar ao trabalho logo, por bem ou por mal. E, em um tom que ele achava engraçado, gritou que não aguentava mais olhar para a cara da esposa. Depois subiu para a sala de tevê com um copo de cerveja na mão.

Passamos a tarde na piscina com a mãe dela. À noite, ela pediu para que dormíssemos de novo por lá. Mas foi como quem pede ajuda. Me justifiquei dizendo que tinha trabalho a fazer. Milena foi para o quarto pegar as roupas e a mãe foi atrás. Cochicharam coisas que eu não conseguia escutar, mas imaginava. Você vai me deixar sozinha? Fica aqui comigo?

Quando Milena reapareceu, a mãe não voltou para se despedir de mim. O pai estava apagado no sofá do mezanino havia muito tempo. Ao chegar ao apartamento, tomei um banho antes de ir para cama. Milena já estava deitada quando me acomodei. Estou com sono, ela disse. Então se virou para a parede e dormiu.

Ao menos ali, ao meu lado, eu sabia onde Milena estava.

27.

As facas voavam, filho.

Era como minha mãe me contava as histórias da sua infância, numa sequência das piores lembranças que guardava dos meus avós. Contei da vez em que fugimos do barraco?, eu respondia que sim e ela procurava outras memórias para narrar. Como das vezes em que apanhava da vó com qualquer objeto que ela encontrasse pela frente. Primeiro, o seu vô chegava bêbado em casa e batia nela. Na manhã seguinte, ela descontava em mim com o que tivesse à mão. Uma vez me jogou uma faca, a mãe imitava o gesto da vó jogando o objeto. Vocês duas apanhavam, eu dizia, tentando lembrá-la de que a vida da vó também não era fácil. Mas ela não escutava. Qual a intenção de quem joga uma faca em uma filha?, perguntava, e eu parava de equilibrar os pratos. Foi uma fase muito violenta, ela recordava.

Você conheceu o bisavô, mãe?, perguntei noutra conversa, e me contou que ele fugiu de casa quando a bisa ainda estava grávida do vô. Seu vô foi mais um homem abandonado na família, ela disse, num dos raros momentos em que demonstrou empatia pelos homens. Anos depois, correu a notícia que seu bisavô tinha morrido em outro estado. Isso é tudo que eu sei dele, ela terminou de contar.

...

Os monstros estão nesta família há muitas gerações.

...

A vez que senti mais medo de apanhar foi quando a mãe soube que eu tinha bebido. Quem me dedurou foi o Leo, depois de me ver no boteco perto da faculdade. Eu só pensava em como a mãe ia acabar comigo quando me encontrasse. Quanto tempo ela passaria gritando? Que objeto jogaria em mim?

Mas a mãe não gritou nem me jogou nada. Fez o que eu odiava. Me chamou no quarto para conversar. Quis saber como eu estava, se sentia alguma tristeza ou raiva dela. Nenhuma mágoa?, ela perguntava. Na cabeça da mãe, as pessoas bebiam para provocá-la. Não, mãe. Eu bebia porque queria experimentar um pouco mais a vida. Queria ter menos medo, queria descobrir o sabor das coisas que você me proibia de provar... Mas eu só disse que estava tudo bem entre nós.

Depois desse episódio, a mãe me vigiou mais. Eu e o Leo morávamos sozinhos em Goiânia, e ela ligava toda noite para saber se estávamos em casa, se estávamos estudando, se estávamos bêbados. Nos almoços de domingo, palestrava sobre os males da bebida. Começava dizendo que o álcool era a droga que mais matava os jovens no mundo. Vocês sabiam?, soltava, como quem lê uma notícia no jornal. E não parava, até chegar à pergunta que queria fazer. Você ainda está bebendo?

Antes de morrer, me contou como se sentia naquela época. Eu ficava apavorada, filho, com medo de perder vocês para o álcool. O vô que você conheceu, o bonzinho, não foi o mesmo pai que eu tive, ela falava com a angústia na voz. Nossa família só tinha homens ruins, eu concordava.

Mas eu não sou esse monstro, mãe. Eu sou?

28.

Quando a quimio começou, voltamos a nos revezar para acompanhá-la no tratamento. Foi quando a mãe mais sofreu.

Numa segunda-feira, pela manhã, me mandou mensagem pedindo para ajudá-la a comprar uma máquina de barbear. Comprei pela internet, coloquei o endereço da casa dela e, uma semana depois, a mãe estava de cabelo raspado. As pálpebras escuras, marcadas pelo cansaço, revelavam a força dos remédios no corpo. Mas estava bem, ela dizia.

Não estava bem.

Liguei para o Leo, tivemos uma ideia juntos. Depois ele passou na minha casa e pegamos a estrada para vê-la. Chegamos sem fazer barulho, tocamos a campainha, e foi a própria mãe quem gritou de dentro, querendo saber quem era. Se espantou com a nossa visita, disse que ia colocar uma máscara e apareceu rápido. Estávamos a dois metros de distância do portão, também de máscaras e de cabelos raspados.

A mãe desabou.

Eu ainda não tinha visto minha mãe chorar tanto, como se tentasse expulsar a dor com os olhos. O corpo rígido, as mãos fechadas, prontas para socar alguém, talvez a própria doença... Me aproximei um pouco, como se a aproximação fosse o nosso novo abraço. Chorei a um metro de distância. Depois me afastei com medo de colocar minha mãe em risco.

...

Foi a própria mãe quem nos trouxe dois banquinhos para que nos sentássemos com ela. Aquele tinha sido o seu pior dia, ela disse. Ficar sem os cabelos a fez enxergar o câncer no próprio corpo. Era uma doença brutal, comentou, sentada à porta de camisola bege floral. Vocês vieram no dia da tristeza, ela dizia, enquanto enxugava o rosto na manga da roupa.

Há beleza na tristeza. Nunca tinha visto minha mãe tão abatida e, ao mesmo tempo, reconciliada com a dor. Vocês ficaram bonitos de cabelo raspado, ela comentou, esboçando o primeiro riso do dia.

Hoje foi o início da doença para mim, a mãe disse. Depois entrou para a casa carregando os banquinhos e o corpo cansado, enquanto o Leo ligava o veículo. Mas, de algum jeito, com alguma alegria, ainda cantarolava junto com a música que tocava no rádio do carro.

"Tem que morrer pra germinar..."

29.

Milena passou a semana com os pais. E, no domingo à noite, voltou.

Assim que pisou no apartamento, ela disse que não iria mais para casa. Enquanto seu pai não se comportasse, não iria. Ele estava bebendo demais. Começava antes do almoço, com uma lata de cerveja. Cuidava do jardim, entrava na piscina e continuava a beber até o fim da tarde. Sempre com o rádio ligado num volume insuportável. À noite, secava uma garrafa de vinho enquanto assistia à tevê, também alta. Milena narrava a sequência sem pausas, como minha mãe fazia quando falava dos homens da família.

Mais tarde, abrimos um vinho e fomos para a varanda. Milena falou mais do pai, comentou como ele era resistente ao álcool. E reclamou que ela estava trabalhando mais no *home office* do que no escritório. Não vou te atrapalhar?, repetiu a pergunta que me fez quando chegou. Não. Eu só tinha que estudar para o mestrado. As aulas do cursinho continuavam suspensas.

Na cama, eu já estava meio alto com a garrafa que dividimos. Me senti fraco perto do pai de Milena.

Depois do café, ela pegou o computador, colocou-o sobre a mesa e começou uma reunião com a equipe. Falavam alto, misturavam trabalho com assuntos pessoais. Milena, de fone, conversava como se estivesse numa festa. Ria, gesticulava, falava besteira. Quando desligou, perguntou se não me atrapalhava. Eu disse que não, mas não conseguia me concentrar direito. Também sentia vergonha de segurar um livro enquanto Milena trabalhava com planilhas e *calls* e *meetings*. Passei a ler no computador. Milena entrou em outra reunião. Quando desligou, me questionou de novo se não estava me atrapalhando. Um pouco, mas eu leio no quarto. Fiz sozinho o almoço enquanto ela terminava uma apresentação. Depois, me ajudou a pôr a mesa. Almoçamos rápido, ela tinha outra reunião. Lavei os pratos enquanto ela escovava os dentes. Recomeçou com as conversas altas. No meio da tarde, fiz um café, mas uma chamada no computador interrompeu nosso intervalo. Outro papo com o chefe, mais risadas exageradas, mais intimidades sendo ditas sem constrangimento. Quando terminou, perguntei se era sempre assim. Posso voltar para casa se quiser, falou num tom tão triste, como se sentisse pena de mim. Não, a gente se organiza aqui.

Mais tarde, acompanhamos o jornal com novas notícias da pandemia. Preocupada, ela disse que precisava ir em casa no fim de semana, ver como os pais estavam.

...

No sábado, quando voltou dos pais, trouxe roupas de academia. Combinamos de nos exercitar juntos no apartamento. Na segunda, antes do almoço, estendi o tapete de exercícios entre a tevê e o sofá e empurrei os móveis para os cantos. Quer que eu me vire?, Milena brincou, sem tirar os olhos do computador. Ela tinha outra reunião. Peguei um fone de ouvido, coloquei uma música e, por vergonha, fiz um treino rápido de vinte minutos, entre alongamentos, flexões e abdominais. Terminei pingando suor e fui direto ao banho. Ela ainda estava no computador quando entrei no chuveiro. Depois apareceu no banheiro, já sem roupa. Entrou no boxe, começou a me beijar e transamos.

...

Como se a nossa relação precisasse desse balanço, da briga depois do sexo. Ou do sexo depois da briga. Transamos no almoço, brigamos à noite.

Começou quando falei sobre o sufoco. Eu queria entender se ela ainda se sentia sufocada por mim. Então Milena falou do machismo, mas tecendo um elogio a si mesma. Acho que eu sou meio machista, sim, ela disse. Machismo não é elogio, respondi, e ela subiu o tom dizendo que eu tinha entendido. Terminou falando que eu deveria ser mais homem, mais seguro, mais decidido. Ou eu não era homem?

Você também é filha de um homem ruim, mas isso eu não falei. Comentei apenas que eu estava preocupado com minha mãe. Talvez venha daí minha insegurança de agora.

Passamos a próxima hora calados no sofá. Uma pedra rolando morro abaixo destruindo tudo... Uma hora, Milena pegou o celular, eu peguei o meu para responder a uma mensagem da mãe no grupo da família. Ela estava com enjoos por conta das sessões de quimio. O que você está fazendo?, perguntou Milena, enquanto eu digitava uma resposta. Falei sobre minha mãe. Ela então se levantou e foi para o quarto. Pensei que iria embora de novo. Dessa vez, eu não a impediria. Mas só foi ao banheiro.

Quando voltou, pousou a mão no meu ombro e disse apenas para eu pensar com carinho no que ela havia dito.

...

Eu era homem, sim.

30.

O Queiroz quer me ver por dentro, a mãe escreveu, depois que saiu da consulta com o cirurgião.

O câncer havia regredido. Por isso teria que fazer uma nova cirurgia, ela explicou no grupo, para ter certeza do que os exames mostravam. E, quem sabe, retirar o restante do tecido maligno. Uma notícia muito boa.

Outra notícia boa foi a da vacina. Por conta da idade e da doença, a mãe entrou no grupo de comorbidades, e foi a primeira da família a tomar uma dose contra a Covid. Outro alívio, para ela e para nós.

Ver minha mãe animada com o tratamento me fez lembrar dos homens da família, os que ela odiava e chamava de frouxos. Não sei se eles aguentariam. Se teriam sequer um pouco do entusiasmo da mãe com a notícia de uma nova cirurgia. Pelo contrário. O pai chorava de medo de hospital. Chorava mesmo. Quando teve um infarto, chorou dentro da UTI. Fez chilique para sair, e só ficou quando um amigo apareceu e conversou com ele. O pai era fraco. Foi por isso que morreu, porque não conseguia se cuidar.

A mãe não merecia o que estava vivendo. Mas fazia exatamente o oposto dos frouxos. Ela queria viver e lutava para isso.

...

Na mesma semana em que o médico marcou a cirurgia, Milena me contou que voltariam ao escritório. Agora que a vacina estava sendo aplicada, deveriam voltar. Mas aos poucos, ela disse. Eu quis saber os detalhes do retorno. Pensava em mim, mas principalmente na minha mãe. Então Milena repetiu que voltariam aos poucos. Haveria controle de vacinados na entrada, usariam máscaras e manteriam distância entre as mesas. Comentei da nova cirurgia e Milena então propôs voltar para a casa dos pais, como se já tivesse pensado nesse plano há dias. Talvez nem fosse verdade sobre a volta ao escritório. Talvez fosse uma desculpa.

Milena queria ir embora.

31.

A mãe saiu da cirurgia, o Leo escreveu, enquanto aguardava o médico com mais notícias. Depois ligou para contar que ela estava bem e que ficaria na UTI por uma noite, era o protocolo.

...

No dia seguinte, fui com meu irmão visitá-la. Primeiro passamos por uma sala de limpeza, vestimos avental descartável, luva e máscara. A mãe já estava no quarto descansando quando entramos. Como é difícil esse troço, filho, foi o que conseguiu balbuciar atrás de uma máscara de acrílico que usava. Descanse, mãe, a gente pedia, e ela fazia um joia com a mão.

Ficamos pouco, a pedido do hospital. Mas foi um encontro tão forte. A mãe estava enfrentando uma das doenças mais duras, num momento difícil como o da pandemia. Passou por duas cirurgias, nove sessões de quimio, remédios para o enjoo, remédios para diminuir a dor, para comer, para dormir. Eram tantos os monstros. E ela continuava enfrentando.

O Leo foi buscá-la no terceiro dia. Ela ia ficar com ele no apartamento por um curto período. No dia seguinte à alta, ela já andava um pouco. No outro, comia, fazia tricô, tomava banho sozinha. O irmão me ligava para mostrar a mãe caminhando pelos cômodos. Devagar, um passo por vez, ela me lembrava de como fazer.

...

As aulas do cursinho não tinham voltado, talvez eu fosse demitido em breve. Talvez eu desistisse do mestrado. Minha relação com Milena desandava, talvez a gente nem estivesse mais junto.

Naquele instante, minha vida era uma sucessão de talvez.

32.

Como se nunca tivéssemos brigado, Milena passou na minha casa no fim do dia.

De pé ao lado da bancada, enquanto eu tirava a garrafa de vinho da geladeira, nos atualizávamos sobre o outro num tom tão amistoso que lembrava nosso encontro na pista de dança, quando ainda não estávamos juntos.

...

Foi ela que se lembrou do aniversário na próxima semana, no sábado. O que você quer fazer?, perguntei. Um jantar aqui, ela sugeriu. Então estávamos juntos, sim.

Depois mudou de assunto como quem muda o canal da tevê. Disse que na quinta, antes do aniversário, os colegas do trabalho queriam marcar um *happy hour*. Só o pessoal da nossa área, ela continuou devagar, tateando. Em local aberto, seguiu. A gente merece, Milena terminou de contar.

Mas não se referia a nós dois quando dizia a gente.

...

Nossa relação parecia um elástico. Quando afrouxava, Milena tensionava de volta. Esse era o nosso jogo, a tensão. Eu conseguia prever suas falas, caso eu reclamasse. Você me sufoca, ela diria, se eu demonstrasse desconforto com o *happy hour*. Andei pela casa, fingi que procurava os chinelos no quarto, mas já estavam no meu pé. Falei pouco, tentei controlar a ansiedade. Vai ser bom, eu disse, enquanto pensava que eu teria que aceitar a tristeza para ser feliz com Milena.

...

A raiva nos empurrava violentamente ao gozo. Foi o que aconteceu depois da conversa na cozinha, depois do evento no *resort*, das brigas em casa, em Belo Horizonte. Milena tomou banho, vestiu uma camiseta minha e fomos para a cama. Eu já me acostumava com a dor quando ela me chupava. Gozei na sua boca. Milena voltou rápido do banheiro, subiu em mim, me arranhou na hora de colocar meu pau dentro dela. A fricção do seu corpo sobre a minha cintura queimava minha virilha. Milena gemia alto. Naquela noite, gozamos juntos pela primeira vez.

...

Depois do café, ela foi embora. Eu vesti uma calça jeans, um tênis, coloquei uma máscara e fui ao shopping perto de casa comprar seu presente. Voltei, coloquei a caixa de sapatos debaixo da cama.

Como se nunca tivéssemos brigado.

33.

Quando deixávamos a toalha sobre a cama, os calçados jogados na sala ou a louça da cozinha suja, a mãe repetia a frase como se tivéssemos cometido um crime. Não sejam esses homens ruins. O que ela queria dizer é que não podíamos ser como o pai ou o avô ou qualquer homem que tivesse cruzado sua vida.

Os homens que eu conhecia.

...

Na quinta-feira, no dia do *happy hour*, Milena já dormia comigo havia alguns dias. Torci para que não visse o presente debaixo da cama. Quando acordou e começou a se arrumar, antecipei a entrega para que pudesse usá-lo mais tarde. Um jeito de estar com ela. Milena me abraçou quando viu os calçados. Era o tênis que ela paquerava havia um tempo. Terminou de se arrumar enquanto eu fazia o café. Saiu do quarto exibindo o visual com os calçados novos. Desfilou na sala para eu ver.

Tomamos café enquanto me contava como seria o dia. Vai ser no bar do mezanino do prédio. E repetia que o espaço era aberto, que tomaria cuidado, que seria rápido. Antes de sair, me perguntou se podia voltar depois do encontro. Claro que sim.

Passei o dia com a lembrança da festa em que nos conhecemos, do lance que Milena teve com o colega do trabalho. Eu não conhecia o rapaz. Me dava angústia pensar nos dois. Respira fundo dez vezes, minha mãe dizia para me acalmar. Mas eu também me lembrava dos gritos dela em casa. A mãe não respirava fundo.

Milena me mandou mensagem no fim do dia para dizer que estavam indo para o bar. Vou me exercitar, decidi. Não me preocupei com roupa, treinei de cueca na sala. Comecei uma sequência em frente à tevê, com a música alta. Me exercitei por trinta minutos. Terminei encharcado. Peguei o celular, não havia mensagens. Fui para o banho esfriar o corpo, ocupar a cabeça com outras imagens. Me masturbei lembrando da força que Milena fazia quando me chupava.

Saí do banho, organizei o quarto. Fui para a sala, limpei a cozinha toda. Depois aspirei o piso da casa. Logo Milena chegaria. Me sentei no sofá, liguei a tevê, assisti a um episódio de uma série repetida, sem me desgrudar do celular. Nenhuma mensagem de Milena dizendo que já estava vindo. Vou abrir um vinho. E abri. Cortei um pedaço de queijo. Voltei para a tevê, liguei um novo episódio. Milena deve estar se despedindo agora.

Mandei mensagem. Está tudo bem por aí? Vinte minutos depois, um alívio, uma ligação dela. Atendi. Milena falava rápido, a ligação tinha muitos ruídos. Estamos saindo do bar, estou entrando num táxi, vamos a outro bar, não demoro, mais uma hora, ela falava enquanto era interrompida por outras vozes. É a pessoa tal, ela diz, e eu não entendo o nome. Para onde vão?, ela não diz o lugar, mas avisa que não demora. A ligação está ruim, um beijo. E a chamada termina.

Dava para perceber que Milena estava um pouco bêbada. Mandei mensagem pedindo para que se cuidasse. Em seguida, para que viesse logo. Beijos. Peguei a garrafa de vinho, servi outra taça.

À meia-noite, Milena ainda não havia chegado nem respondido às mensagens para que viesse logo. Digitei um novo texto perguntando como estava. Nada. Então liguei. O telefone chamou uma, duas e, na terceira vez, a ligação foi recusada. Ela deve ter apertado sem querer. Liguei de novo, a chamada caiu no primeiro toque. Fiz uma terceira tentativa, deu direto na caixa de mensagens. Milena havia desligado o telefone.

...

Não fiz mais nada além de sofrer.

Misturei raiva com preocupação. Pode ter acontecido alguma coisa. Pensei em ligar para a mãe dela, dizer que Milena havia sumido. Não fiz. Mandei mensagens, liguei, depois gravei um áudio pedindo que ao menos me dissesse que estava bem. A mensagem nem era enviada. Comecei a sentir dor de cabeça. Respirei fundo no sofá dez vezes. Me levantei. Dei voltas pelo apartamento. Calcei uma sandália, vesti uma camiseta e fui para a portaria do prédio. Uma superstição desesperada para adiantar a volta dela. Saí do prédio, fui até a esquina de cima. Nada de Milena. O bar da rua ainda estava aberto, caminhei até ele, procurei por minha namorada. Pensei em me sentar numa mesa, ficar bêbado para, quando ela voltar, me perguntar coisas como onde eu estava e com quem. Voltei para o prédio. Entrei no elevador com um estranho. Não nos falamos. Abri a porta do apartamento, fui para o banheiro, escovei os dentes. Voltei para a cozinha, enchi um copo com água e fui para o quarto. Me deitei com a cabeça quente. Era o que eu deveria fazer, esquecer Milena e dormir. Não consegui. Me levantei, coloquei uma calça, um tênis, chamei um táxi e saí para o bar que eu costumava frequentar com meu irmão. Cheguei quando já estava fechando. Comprei uma cerveja no balcão, chamei outro táxi, o taxista não me deixou entrar com a bebida. Tomei o que pude numa golada, joguei o resto no lixo, entrei no táxi, voltei para casa. Enviei um último áudio à Milena dizendo que a gente havia terminado. Dizendo, não, gritando. Depois apaguei o arquivo. A garrafa vazia de vinho estava na bancada, joguei no lixo caso Milena chegasse. Organizei a cozinha. Quebrei um copo na cuba da pia, bebi água. Fui para o quarto, tirei a roupa, me deitei e coloquei o celular ao meu lado, caso ela ligasse.

...

Que horas eram? Acordei confuso. Peguei o telefone jogado na cama, três e meia da manhã. Milena não havia aparecido, foi a primeira coisa que pensei. Olhei o celular, vi que ela tinha visualizado as mensagens. Sentei-me na cama, a porta do quarto entreaberta, a luz da sala acesa. Caminhei até o outro cômodo e então vi Milena escorada na bancada da cozinha. Estava de costas para mim, mexendo no celular. Milena, chamei. E ela se virou devagar, como se não fosse conseguir dar a volta toda. E aí?, me respondeu, com a voz embaralhada, os olhos baixos, a boca branca. São quase quatro da manhã, eu afirmei. Ela largou o celular, franziu o rosto, passou a mão na boca e balbuciou que estava conversando com a mãe. A essa hora? E ela soltou um riso de deboche. Me mostra, eu pedi, avançando sobre o aparelho. Depois recuei, eu não podia fazer aquilo. Fui para o quarto, entrei no banheiro, precisava segurar o monstro. Respira fundo dez vezes. Quando saí, Milena ainda estava na cozinha, agora virada para mim, os dedos deslizando na tela do celular, como se cozinhasse meu desconforto. Deixou o aparelho na mesa da sala, veio em minha direção, esbarrou no meu corpo e seguiu para o quarto. Na entrada, empurrou a porta com força, que bateu na parede e fez um estrondo pela casa. Desculpa, murmurou, passando a mão na porta. Tirou a roupa com muito custo, entrou no banho, saiu com o cabelo molhado, vestiu outra camiseta minha e se jogou na cama. Quando me aproximei, ela já estava apagada. Milena não me viu pegar um travesseiro e sair. Passei a noite na sala. Liguei a tevê, mas só consegui cochilar depois das cinco da manhã.

...

Acordei com a luz forte do sol sobre a parede da televisão. Me levantei às sete, fiz café, tomei a primeira xícara sozinho na bancada da cozinha. Fui para o banho, vesti outra roupa, voltei para a sala. Milena continuava na mesma posição. Às onze, quando se levantou, eu tentava ler um livro. Apareceu de meio corpo na porta do quarto. Você não tem que trabalhar?, perguntei. Ela me olhou como se tentasse decifrar a noite anterior. Depois disse que ia tomar banho. Enchi a xícara de café, fui para o sofá repassar a conversa pronta na minha cabeça. Ela só saiu do quarto ao meio-dia. Se sentou na outra ponta do sofá e começamos.

Não tinha o que me contar, dizia, além de repetir que havia se esquecido de olhar o celular. Falava baixo, como se tentasse se esconder. Aonde vocês foram depois do bar?, eu quis saber, convicto de que Milena ia mentir. Ela me deu o nome. E por que mudaram de bar? Porque tivemos vontade. Me calei, fui para a cozinha. Os monstros me atacavam por todos os lados. Eu não queria mais conversar nem pensar no que podia ter acontecido. Queria ficar livre desse tormento. Mas como é difícil domar os monstros... Me escorei na bancada, peito voltado para a sala. Milena estava no sofá, de costas para mim. Peguei meu celular, pesquisei o nome do bar que Milena me deu. Eu queria ver fotos, encontrar as publicações de ontem nas redes sociais. Queria ver Milena abraçada com alguém, seu corpo próximo de outro homem.

Vocês foram para uma boate?, perguntei, quando descobri que o que ela chamava de bar era uma pista de dança. Eu imaginava Milena dançando na pista, como na primeira vez em que nos vimos. Tomamos cuidado, isso ela disse como se tudo que fizesse de errado pudesse ser reparado com uma frase. Então eu ordenei. Você precisa ir embora. E repeti, segurando os monstros. Você precisa ir embora agora.

Enquanto Milena organizava a mochila, perguntei por que não me atendeu quando liguei. Eu merecia me divertir... E foi embora com o par de calçados que lhe dei.

34.

Estou com dores na cintura, a mãe escreveu na sexta-feira à tarde. Disse que já tinha falado com o médico e comprado remédios.

O Leo foi vê-la no sábado de manhã. As dores persistiam, e a cicatriz da cirurgia ainda estava bastante vermelha. Foram juntos para Goiânia, fizeram uma consulta de emergência, encaminharam ela para limpeza da cicatriz e injeções de antibióticos. À tarde, já estavam de volta.

...

Tínhamos combinado de passar seu aniversário juntos. Não combinamos as mentiras. No sábado, no fim do dia, mandei mensagem desejando parabéns. Milena agradeceu com um obrigada seco.

...

A mãe teve febre no domingo de manhã. Foi o Leo que me avisou, enquanto viajava de novo para vê-la. Depois mandou áudio para contar que já estavam a caminho do hospital. Uma hora depois, ela foi internada de novo. Por quanto tempo?, perguntei. Leo não sabia. Por fim, me pediu para que passasse a noite com ela.

Cheguei ao hospital às sete horas, com uma mochila pequena. Na entrada, passei por toda a higienização outra vez. Mediram minha temperatura, me entregaram um kit com três máscaras descartáveis para eu usar durante o pernoite. Subi ao quarto, a mãe e o Leo conversavam tranquilos, também de máscaras. Me acalmei com o que vi. A mãe, na maca, estava um pouco fraca, mas falava com lucidez. Conversamos por mais uma hora antes do Leo ir embora. Logo em seguida, enfermeiras chegaram com o jantar. A mãe comeu toda a sopa, eu deixei a metade para mais tarde. Quando terminou, as enfermeiras ajudaram com o banho. Ver minha mãe andar com dificuldade, se apoiando em cada mobília do quarto, me deixou triste demais. Sentou-se na maca, tomou os remédios, conversou um pouco mais comigo e voltou a se deitar. Não falamos sobre Milena e as mentiras. Aliás, minha mãe não me perguntava sobre ela. Quando os remédios começaram a fazer efeito, apagou na maca. Me acomodei no sofá, peguei um livro na mochila, mas não consegui ler. O que Milena estava fazendo agora?

...

Eu era mesmo um homem fraco. Sem ter minha mãe acordada para me dizer o contrário, sem ouvir as histórias dos homens ruins da família, eu não duvidava. Queria enviar mensagem, falar da minha mãe à Milena, para que sentisse pena de mim. Quem sabe, passasse na minha casa para me ver, a gente bebesse um vinho, transasse como se nada tivesse acontecido.

A mãe dormiu a noite toda. Eu despertei a cada barulho dos aparelhos grudados nela. Às cinco da manhã, me levantei com os ruídos que vinham do corredor. Já era segunda-feira. Recoloquei a máscara antes de ir até ela. A mãe abriu os olhos e começou a se ajeitar na maca. Bom dia, ela disse, estendendo o braço para mim. Retribuí alisando um pouco sua mão. Me dá água, filho? Enchi um copo de plástico ao lado da cama. Conversamos sobre a noite, os barulhos do hospital. Eu não ouvi nada, ela comentou, e disse que tinha sonhado com o meu avô. Escovei os dentes, arrumei o cabelo. O Leo chegaria às sete. As enfermeiras passaram servindo achocolatado, biscoitos de farinha e uma pera. A mãe tomou o leite e guardou a pera para depois. Pontualmente, às sete, Leo entrou no quarto. Conversamos mais um pouco, a mãe contou que se sentia melhor. Arrumei minha mochila, me despedi. Você vai sair logo daqui, eu disse. E fui embora de táxi.

Em casa, vi que Milena tinha me mandado mensagem. Um áudio. Coloquei para escutar enquanto esvaziava a mochila. Milena se explicava demais, eu não entendia o que ela queria dizer. No fim, falou que havia feito um teste. Ele deu positivo para Covid. Falou como se o teste estivesse doente, não ela. Até para isso Milena era incapaz de assumir a culpa.

Liguei para o Leo.

35.

Passei a segunda-feira pedindo desculpas ao Leo. A mãe está bem, ele dizia, enquanto eu repetia. Desculpa. No começo da noite, me informou que a mãe já havia dormido. Durma também, encerrou a conversa.

...

Eu estava com Covid?, acordei na terça, preocupado. Sem tosse nem dores, enviei mensagem ao Leo querendo saber como estava a mãe. Estamos nos arrumando para sair, ela está de alta, me respondeu. Foi um alívio. No celular havia mensagem de Milena querendo saber se eu estava bem. Eu estava bem. Eu estava com raiva. Eu estava com saudade. Eu estava sem saber como eu estava. Comecei a gravar um áudio. Apaguei quando subi a voz. Escrevi uma mensagem curta dizendo o que ela queria saber, que eu não tinha sintomas.

Tomei banho, liguei para o Leo, a mãe atendeu, eles já estavam no carro a caminho do apartamento dele outra vez. Ela, de máscara, não tapava a felicidade de sair do hospital. Não tinha mais febre nem dor na ferida, dizia, enquanto se endireitava no banco. Virou a câmera para o Leo, também de máscara, todos protegidos. Me contou que iam passar no mercado antes de seguir para o apartamento. Me liguem de lá, pedi, enquanto a mãe tirava a máscara para me mandar um beijo. Enviei um aceno, a mãe retribuiu. Me enchi de esperança de novo. As coisas estavam se ajeitando onde precisavam se ajeitar. Antes de desligar, ela tossiu.

36.

Na noite de terça-feira, ela foi internada pela última vez, com um quadro de Covid e um novo agravamento da infecção.

A Covid foi como se acionasse o botão de uma bomba já armada em seu corpo. Brutal. Ficou por dois dias na UTI. Na sexta-feira, quando o boletim médico saiu, o Leo me ligou para dizer que o nome dela não estava mais na lista. Talvez tivesse tido alta, vamos aguardar. Em seguida me ligou e, pela voz, não precisou dizer que a mãe tinha morrido.

A mãe tinha morrido.

...

Cinco anos antes, o pai nos deixava, tão rápido quanto ela. Com a diferença que ele havia se matado. Fumava dentro de casa, fumava no carro, fumava no restaurante, tudo comigo e o Leo ainda no peito da mãe. Parou de fumar quando teve um infarto. Mas aumentou o consumo de bebidas e passou a se empanturrar de gorduras. Aos finais de semana, quando eu chegava à sua casa, ele já estava sentado na mesa do quintal, bebendo cachaça, comendo torresmos, amendoins e queijos que a esposa preparava com muito azeite e sal. Você está se matando, eu repetia, enquanto ele bebia. Esse era o roteiro das tardes do último ano com ele. Por alguns finais de semana, deixei de visitá-lo, numa tentativa de fazer chantagem. Ou você para ou eu não venho mais. Não teve efeito. Ia vê-lo aos domingos de manhã, no único momento em que poderia encontrá-lo sóbrio no fim de semana. Ele estava de ressaca. Quando saíamos, o pai abria uma cerveja sozinho e bebia. Isso a madrasta que nos contava.

Foi numa sexta-feira que a madrasta ligou para dizer que o pai tinha acordado estranho. Ela estava nervosa enquanto contava que ele não se mexia na cama. Estava paralisado. Chamei a ambulância, pegamos a estrada o mais rápido que conseguimos. Quando chegamos em Anápolis, ele já estava na UTI. Foi um AVC.

Passamos duas semanas visitando-o. Os olhos e a boca semiabertos eram os mesmos todos os dias. Eu não queria mais vê-lo. Na última vez, falei com ele enquanto alisava seus braços. Descanse, pai. Descanse.

O pai tinha medo da morte. Eu passei a ter medo do que ele viveria caso saísse dali. No começo da terceira semana, antes do horário de visitas, o médico nos chamou na recepção da UTI para contar que o pai havia morrido.

Cinco anos depois, a mesma cena. Com a diferença que a mãe não merecia.

...

Voltei a pensar em Milena. Na boate, na minha casa, na minha cama. Não acorde os monstros, a mãe diria agora. Não acorde os monstros, eu pensava, enquanto eles se levantavam.

37.

No domingo, me levantei cedo e fui à padaria. Comprei pães, biscoitos, um saco de broas e chamei um táxi. Às nove, desci em frente ao portão do condomínio, um gradeado de mais de dois metros de altura. Não havia porteiro, só um interfone com os números de cada residência. Toquei o botão que já sabia de cor e esperei. Uma voz de mulher atendeu. Sou eu. O interfone ficou mudo. Depois, o portão foi destravado pelo dispositivo que ficava sobre a bancada da cozinha, eu me lembrava. Empurrei a grade pesada de metal e entrei. Caminhei por uma rua curta, as casas alinhadas dos dois lados, a sombra das árvores altas cobrindo parte do caminho. Quando cheguei ao endereço, tudo estava no mesmo lugar. O carro do pai, na rua. Os outros dois, da mãe e da filha, sob a laje da casa. Na varanda, ela me aguardava de pé em frente à porta. Levantei a sacola de pães enquanto caminhava. Trouxe o café da manhã, eu disse. Segui até o caminho de pedras montado cuidadosamente sobre o jardim da casa, e pisei na grama que o pai cuidava com tanto esmero. Quando me aproximei, vi Milena com medo. Era a primeira vez que eu assistia à aparição do medo em seu rosto. Continuei o caminho devagar, errando de propósito cada pedra colocada pelo pai. O que veio fazer aqui?, Milena perguntou. Me aproximei mais, o pai estava encostado na porta, a mãe, desfocada mais ao fundo. O que veio fazer aqui?, repetiu, com mais medo. Estávamos a dois metros ou menos de distância, mas sempre havia uma distância.

Vim acordar vocês.

Impressão e Acabamento:
BARTIRA GRÁFICA